MARTIN BECK SERIES 04

DEN SKRATTANDE POLISEN

MAJ SJÖWALL & PER WAHLÖÖ

ECUS
Publishing House

馬丁・貝克｜刑事檔案 04

大笑的警察

麥伊・荷瓦兒×培爾・法勒 著
丁世佳 譯

木馬文化

目次

編者的話

故事，從一個名字開始

一九六五年，瑞典斯德哥爾摩的各書店內出現一本小說新書。書封上可見一名黑髮女子的影像。她雙眼緊閉，嘴唇微張，封面上大大寫著書名「Roseanna」一字。羅絲安娜，這是她的名字，她是一具河中女屍，剛被人從瑞典的運河汙泥中鏟起，而這部作品即將開啟犯罪推理小說的嶄新世紀。

當時，有不少過去習慣閱讀古典推理小說的年長推理迷在購書後回家一讀，大驚失色，紛紛回到書店抱怨，要求退書，理由是「這情節描述太寫實了」，讓他們飽受驚嚇。畢竟，在這之前，沒有哪部古典推理作品會以如此鉅細靡遺的冷靜文字，描述一具女性裸屍的身體特徵。然而，在此同時，這部作品俐落明快，描寫細膩，時而懸疑緊張、時而又可見詼諧的現代風格，卻在年輕世代的讀者之間廣受歡迎，大為暢銷。

這部以《羅絲安娜》為首，以社會寫實風格描述瑞典斯德哥爾摩的警探馬丁・貝克及其組員辦案過程的系列小說，便是在隨後十年連同另外九本後續之作，席捲北歐各國，熱潮繼之延燒至歐陸，進而前進英美等英語系國家的「馬丁・貝克刑事檔案」。

令人稱奇的事，如此成功的「馬丁・貝克刑事檔案」系列並非出自單一作者之手，而是一對傳奇創作搭檔的共同心血。

愛人同志，傳奇的創作組合

故事要從一九六二年說起。瑞典的新聞記者培爾・法勒，在這一年因緣際會認識了同樣從事新聞撰稿工作的麥伊・荷瓦兒，兩人進而相戀。荷瓦兒出身中產階級家庭，但性格非常獨立且獨特，年輕時常與藝術工作者往來，曾有過幾段短暫的婚姻關係，她在二十七歲認識法勒時，已育有一個女兒。曾在西班牙內戰時期遭法朗哥政權驅逐出境，因而返回瑞典的法勒較荷瓦兒年長九歲，已婚，同樣也有一個女兒，而且他在兩人相識時，已是頗富聲望的政治新聞記者。

兩人最初是在斯德哥爾摩一處新聞記者常聚集的地方因工作而結識，當兩人開始彼此產生感情，便刻意避開其他同業，改到其他地方相會。法勒當時在新聞工作外亦受託創作，每晚都會在兩人飲酒相聚的酒吧附近的旅館內寫作。相處一年後，法勒離開妻子，轉而與荷瓦兒同居。之後陸續有了兩個孩子，但兩人始終沒有進入婚姻關係。

荷瓦兒與法勒在共同創作初期，便打算寫出十本犯罪故事，而且，也只寫十本。這十部作品每本皆為三十章，都是由兩人各寫一章、以接龍方式合力創作而成；只不過，讀者很難從文字判斷各章分別出自誰的手筆。因為法勒與荷瓦兒在創作之初，就刻意不設定偏向哪一方的筆法，而是討論出最適合讀者及作品的行文風格，傾向能雅俗共賞——馬丁．貝克的形象於焉誕生。

疲憊警察，馬丁．貝克形象的誕生

有別於過往古典推理作品中，那些邏輯推演能力一流，幾乎全知全能的「神探」與「英雄」形象，荷瓦兒與法勒筆下這個警察辦案系列小說雖是以馬丁．貝克為名，但當中並沒有突顯誰是主角或英雄。這是一組平凡的警察小組成員，憑藉實地追查線索，有時甚至是靠著機運，才能偵破案件的故事。

這些警察一如所有上班族，各自有其獨特個性和煩惱——寡言、疲憊、婚姻失和、嗜好是組模型船，又有胃潰瘍問題的馬丁．貝克；身形高胖卻身手矯健，為人詼諧，擅長分析，有時又顯魯莽的柯柏（Lennart Kollberg）；愛抽菸斗、準時下班、每天要睡滿八小時、記憶力驚人的米蘭德（Fredrik Melander），以及出身上流階層，卻自願投入警職，個性古怪挑剔，永遠要穿上高級西裝的剛瓦德・拉森（Gunvald Larsson，第三集開始出現），和最不顯眼、任勞任怨至任命，原住民身分的隆恩（Einar Rönn），當然還有其他在故事中穿針引線的甘草人物角色。若是以交響樂團比喻這個辦案團隊，馬丁・貝克絕非站在高台上的指揮家，他更像是第一小提琴手，與其他樂手共同合奏出十首描述人性與黑暗的樂章。

荷瓦兒與法勒塑造的這種具有七情六慾、會為生活瑣事煩惱的凡人警探形象，在當年的推理小說世界實屬創新之舉，現代讀者或許早已習慣目前大眾影視或娛樂文化當中的警察形象，殊不知，這些角色的原型其實正脫胎自荷瓦兒與法勒在六〇年代創造出的這位寡言而平凡的北歐警探。

馬丁・貝克系列故事之所以廣受讀者喜愛，不僅在於這些故事背景就在日常當中，就在斯德哥爾摩實際存在的街路上、公園裡，與讀者生活的時空相疊合，而且讀者隨著角色之間的互動和對話，更是能逐漸清晰建構出這些人物的性格及形貌的具體想像，就像真實生活中認識的朋友。隨著每本劇情獨立、但又巧妙彼此牽繫的故事演進，讀者在這段時間軸中，也將見證到他們的個性變化和聚散離合，甚至，突如其來的死別。

長銷半世紀的犯罪推理經典

從一九六五年到一九七五年，荷瓦兒與法勒兩人在這短暫的十年間，以一年一本的速度，完成了馬丁．貝克刑事檔案全系列——《羅絲安娜》，《蒸發的男人》，《陽台上的男子》，《大笑的警察》，《失蹤的消防車》，《薩伏大飯店》，《壞胚子》，《上鎖的房間》，《弒警犯》，以及最終作《恐怖份子》。

故事背景的六〇、七〇年代還沒有網路，沒有手機，沒有DNA鑑識技術，而且人人都在抽菸，隨時隨地；雖然這些細節設定如今看來略有懷舊時代感，但系列各作探討的問題卻是歷久彌新，沒有隔閡，你甚至會拍案驚嘆：「這些社會案件和問題現今依然存在，當前警察組織面對的各種犯罪和無力感也毫無不同。」

荷瓦兒及法勒在當年同為社會主義者，潛伏在這十個刑事探案故事底下的，是他們對於資本主義社會和龐大的國家機器的批判。他們看到了當時瑞典這個福利國美好表象底下的真實面貌。故事裡一樁樁的刑事案件，其實是他們對社會忽視底層弱勢的控訴，以及對投機政客的勾結貪枉，警界管理層的權力慾和顢頇導致基層員警處境艱困和社會犯罪問題惡化的喝斥。

然而，在荷瓦兒與法勒筆下的馬丁．貝克世界裡，在正義執法與心懷悲憫之間，人世沒有全然的善，也沒有絕對的惡。這些故事裡的行凶者往往也是犧牲者，只是形式不同。他們因為精神狀態、經濟能力、社會制度等種種原因，淪為遭到社會剝削、被大眾漠視的無助邊緣人，而他們的犯案動機有時甚至可能只是對體制和壓迫的無奈反撲。因此，馬丁・貝克和其警隊成員在辦案執法的同時，往往也流露出對於底層人物的悲憐，不論他／她是被害者抑或加害者，而每件刑案也是難以二分的灰色地帶。

短暫而光燦的組合，埋下北歐犯罪小說風靡全球風潮的種籽

一九七五年，法勒因胰臟問題病逝，他在先前已預感自己大限將至，於是將此生對於社會關懷的炙熱理念，盡數灌注在最終作《恐怖份子》當中，得年四十九。從一九六二年初識，第一本《羅絲安娜》在一九六五年出版，到最終作《恐怖份子》在一九七五年推出，這對獨特的創作搭檔在這十三年裡的無間合作，為後世留下了一系列堪稱經典的推理之作。

當年，這股馬丁・貝克熱潮一路從瑞典、芬蘭、挪威等北歐各國開始，繼而延燒至歐陸德國，而後進入美國等英語世界國家，不僅大量改編為電影、影集、廣播劇等形式，書中以社會寫實情節為本的創作風格，更是滋養了《龍紋身的女孩》史迪格・拉森（Stieg Larsson），賀寧・

曼凱爾（Henning Mankell），以及尤・奈思博（Jo Nesbo）等眾多後繼的北歐新一代犯罪小說創作者，為北歐犯罪小說在二十一世紀初橫掃全球、蔚為文化現象的風潮埋下種籽，預先鋪拓出了一條坦途。

同樣的，在亞洲，日本角川出版社從一九七五年起，也以英譯本進行日譯工作，推出馬丁・貝克探案全系列作品，並在二〇一三年陸續再由瑞典原文直譯各作，讓新一代的讀者得以更貼近這部傳奇推理經典的原貌。值得一提的是，常透過小說關注日本社會及時事問題的直木賞及日本推理大賞得主佐佐木讓，於二〇〇四年更是以《笑う警官》一書，向荷瓦兒與法勒筆下創造出來的這位北歐探長致敬，而這部作品也分別在二〇〇九及二〇一三年改編為同名電影及劇集，廣受稱道。

儘管這段合作關係已因法勒辭世而告終，但馬丁・貝克警探堅毅、寡言的形象，早已永遠存活在每個讀者的想像當中，以及藏身在每個後續致敬之作和影劇中的警探角色背後。一九七一年成立的瑞典犯罪作家學院（Svenska Deckarakademin），更是以這個書中角色為名，設立「馬丁・貝克獎」，每年表彰全世界以瑞典文創作，或是有瑞典文譯本的犯罪、推理類型傑出之作。

且讓我們開始走進斯德哥爾摩這座城市，加入馬丁・貝克探長和其組員的刑事檔案世界。

導讀

隱藏在笑聲底下性與暴力的悲涼——關於《大笑的警察》

知名犯罪推理小說作家華倫．墨菲（Warren Murphy），曾經以他和理查．薩皮爾（Richard Ben Sapir）共寫時期的一些心得，語重心長地說過——

「你想要找個搭檔共同寫作？我知道那是怎麼一回事，找個夥伴和你站在同一陣線上，當你遭受庸俗世道不可避免的攻訐與針對時，有個伴嘛？有了一位寫作搭檔，就多了對方的優點與強項，可填補你文筆上的弱點和漏洞？

畢竟，我們不是都明白，只有爬格子的最懂爬格子的心嘛！常言道，飽諳世故無戚欣，依本人不計其數的實際研究證實，以下就是我對共同寫作的建議：別傻了！別傻了！別傻了！」

薩皮爾與墨菲當年的共寫模式是，薩皮爾負責起草小說前半本，墨菲則接續撰寫後半本，並負責修潤、統合整本小說的前後風格，以及將所有支線與詭計收束合一。因為，他的搭檔薩皮爾雖是知名小說作家，卻患有嚴重的失讀症（閱讀障礙），無法去校對、甚至閱讀自己出版後的成書！

假如，薩皮爾與墨菲經歷了如此平和的「前後部」共寫關係，仍會提醒後進作家不要對共寫小說充滿過多美好幻想。那麼，可想而知，麥伊・荷瓦兒與培爾・法勒那種輪流各寫一個章節的接龍模式，是一種多麼艱鉅與緊張的共同創作關係？每當對方完成一個章節後，雙方又需經歷多少爭執與妥協，才能磨合出這一套流傳至今的「馬丁・貝克刑事檔案」系列？

法勒曾經提及，他們撰寫「馬丁・貝克刑事檔案」的意圖，是希望能將這一系列的犯罪小說視為一把手術刀，一刀刀開腸剖肚，展現所謂的資本主義福祉，在思想上的貧乏與道德上的爭議。對於六〇年代的瑞典社會而言，政治立場如此激進的小說與作家，可謂冒著極大的風險表態。幸運的是，那些見解與企圖心並沒有影響這一系列小說的精采程度，以及注定會從瑞典擴散至北歐，甚至是全世界的命運。

馬丁・貝克，這一名政治立場鮮明的男主角，也因此成為犯罪推理界獨樹一格的警探角色。荷瓦兒與法勒以銳利筆鋒透過小說角色們的對話，將資本主義、金錢至上與貧富差距所造成的不安與意識形態，與時俱進呈現給讀者。那些寫實的感觸與危機感，也為這一系列小說的背景時代，營造出一股極為不安的動盪氛圍。在他們創作這一系列小說的十多年之間，也如一面照妖鏡般忠實反映瑞典在政治、經濟與社會議題上的進程與變遷。

第四冊《大笑的警察》更是經典中的精品。在一九六八年的瑞典文版上市後，美國也在一九七〇年推出英文版，並旋即在隔年為這兩位瑞典籍作家奪下「美國推理作家協會」最高榮譽的「愛倫·坡獎」。「馬丁·貝克刑事檔案」除了在瑞典當地曾被改編為電視影集與六部電影，就連英國BBC電台也在二〇一二至一三年間，播過這十本小說的廣播劇。

單就《大笑的警察》而言，它除了在瑞典本土與北歐大獲成功外，也曾在法國改編為漫畫《Le Policier Qui Rit》，更被美國二十世紀福斯公司搬上好萊塢大銀幕，由華爾特·馬修（Walter Matthau）主演。小說中巴士大屠殺的場景，從斯德哥爾摩搬到舊金山的唐人街，馬丁·貝克亦被改名為傑克·馬丁警佐，各個角色饒舌的瑞典語姓名更被美語化，原著批判六〇年代瑞典社會風氣敗壞的內容，也巧妙地轉移為美國社會的亂象。雖然，我不是挺喜歡好萊塢版本的電影結局，但就整體劇情結構而言，仍有八成維持原著神髓，獲得四顆星以上的正面影評。

《大笑的警察》以一場驚動瑞典社會的巴士大屠殺開場，九名遇害者中還包括了一名馬丁·貝克麾下的年輕警探。他不該出現在現場且喪命的謎團，成為貝克與四位各有所長的夥伴、以及偵查隊老友柯柏辦案的主軸。

荷瓦兒與法勒在描寫警探們追查每位死者身分背景的過程中，釋放出許多的「紅鯡魚」（Red Herring）障眼法，甚至洋洋灑灑列表出一長串的嫌疑人名單。各種看似與巴士大屠殺不可能相關的線索、命案或人際關係，接二連三撞擊著讀者的腦袋。就在我們自以為那些全是作者故布疑陣的錯誤引導時，殊不知，每一個蛛絲馬跡都在收尾時一一精準地收束成完美的結局。這部小說在布局上的思維縝密，也成為許多書評最為津津樂道之處。

在警探們調查整起案件是無差別大屠殺，或是有計畫的集體謀殺之際，荷瓦兒與法勒也不斷拋出許多瑞典、北歐，甚或整個歐美當年的社會議題，大至資本主義潛移默化的荼毒，是否是造成政府腐敗、社會敗德，與商人趁火打劫的禍源？那些以正義為名的戰爭，是否會導致戰後人性的扭曲與偏差？小至無性愛婚姻關係的無奈與無助，或徒留肉體關係的瘋狂戀慕，在感情與名利的衝突下，是否將成為某些人間悲劇的肇因？

當讀者意圖解開兩位作者以社會議題精心包裹的多個謎團時，也將領悟到許多充滿深思熟慮的遠見，無論是國家與社會、社會與家庭、家庭與人，乃至人與人之間環環相扣的連動關係，當某一個環節失序與失控，所將帶來如積木般由上到下崩潰的巨大衝擊！

題外話，在閱讀過不同版本的《大笑的警察》後，我才一時興起搜尋到書中那首讓英格麗手舞足蹈的〈大笑的警察〉。一聽到查爾斯．潘羅斯誇張的歌聲後，才發現，我對這首歌曲的旋律毫不陌生，應該是童年時聽過父親從香港帶回來的原曲黑膠唱片，甚至還有鄧麗君一九六八年的翻唱版。

讀完這本小說，再度聽到那首歌，或許你也能體會到馬丁．貝克物傷其類的心有戚戚焉。

● 提子墨

作家、英國犯罪作家協會會員、加拿大犯罪作家協會會員、台灣推理作家協會理事、第四屆島田莊司推理小說獎決選、東森新聞雲／OKAPI簽約專欄作家、博客來推理藏書閣評審。曾任北美《品》雜誌、紐約《世界周刊》專欄作家，目前旅居加拿大。

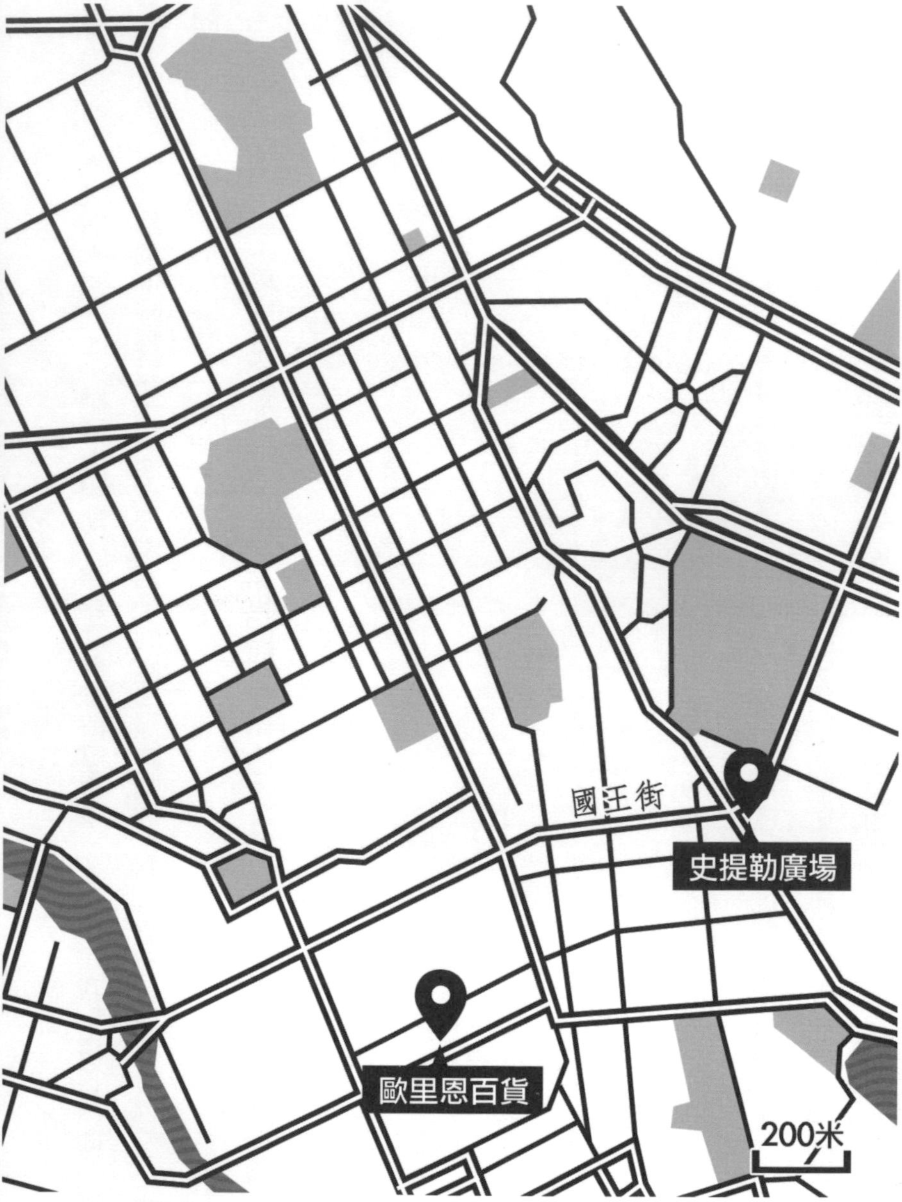
國王街
史提勒廣場
歐里恩百貨
200米

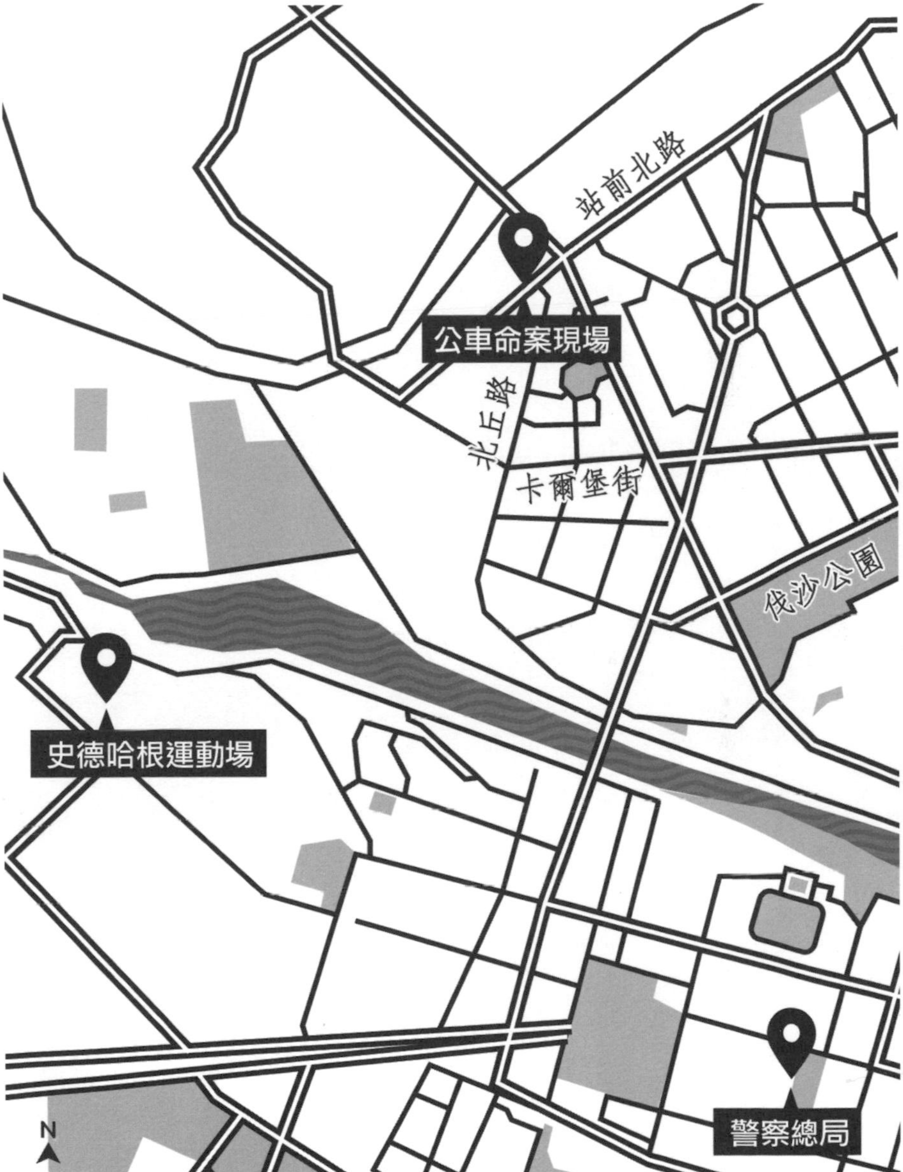
站前北路
公車命案現場
北丘路
卡爾堡街
伐沙公園
史德哈根運動場
警察總局
N

斯德哥爾摩城區圖

1.

十一月十三號晚上，斯德哥爾摩大雨滂沱。馬丁・貝克和柯柏正下著西洋棋。他們在柯柏的公寓裡，離南邊郊區的史卡瑪布林地鐵站不遠。最近幾天沒發生什麼大事，因此他們兩人都休假。

馬丁・貝克的棋下得很糟，但還是照下不誤。柯柏有個剛滿兩個月的女兒，這天晚上他被迫帶孩子；而馬丁・貝克則是不到最後關頭絕不願回家。天氣糟透了。傾盆大雨啪嗒啪嗒地沖刷過屋頂，打在窗戶上，街頭幾乎杳無人跡。少數幾個人顯然有要事在身，才不得不在這樣的夜裡出門。

濱海大道上的美國大使館外面，以及通往此地的幾條街道上，沿路有四百一十二名警察正和人數大約兩倍的示威者對峙。警方配備有催淚瓦斯、手槍、警鞭、警棍、警車、機車、短波無線電、手持擴音器、鎮暴犬和歇斯底里的馬匹。示威者則帶著一封信，和隨著大雨逐漸濕透的紙板標語牌。要將這些示威者視為同一批人馬有點困難，因為群眾裡男女老少都有；有身穿牛仔褲和粗呢連帽外套的十三歲女孩、嚴肅的政治系學生、鼓譟煽動群眾的人士、專門鬧事的傢伙；此外，當中竟還有一位戴著貝雷帽、撐著藍色絲質雨傘、高齡八十五的女性藝術家。這些人之所以冒著大雨、不計任何後果聚集在此，是因為某種強而有力的共同動機。相對的，警方人馬完全稱不上是精英部隊。這些警察是從市內各分局徵召過來的，但每個有醫生朋友或是懂得閃躲的警員，無不設法躲過這項討厭的任務。其餘的人有的知道自己在做什麼，而且甚為喜歡，有的則被認為自以為是，有的太年輕沒經驗，擺脫不了這種差事，更何況，他們根本不知道自己在做什麼，或是為何要這麼做。馬匹人立起來，咬著嘴裡的銜鐵，警察摸著槍套，揮舞警棍，一次次往前衝。一個嬌小的女孩帶著令人難忘的標語，上面寫著：「**盡你的責！繼續幹，生出更多警察！**」三個一百九十磅重的巡邏警員撲向她，扯碎了標語，把女孩拉進巡邏車，扭她的手臂，粗野地摸她胸部。女孩今天才剛滿十三歲，還沒發育出什麼可摸的呢。

總共有五十幾人遭到逮捕。許多人受傷流血。其中有些是名人，他們還沒超然到不去寫信給報社，或是不在廣播和電視上抱怨。分局的值班警員一看見這些人就打了陣哆嗦，歉意滿面，堆笑哈腰地請他們回去。其他人在無可避免的偵訊中可就沒有如此待遇了。一個騎警被空瓶子砸到頭，那個瓶子絕對是人群中某個傢伙丟的。

這次任務是由一位曾在軍校受過訓的高階警官指揮。此人素有治安專家的美譽，現在正滿意地望著自己精心製造出來的一場亂局。

在史卡瑪布林的公寓裡，柯柏收起棋子，扔進木盒，啪一聲把蓋子拉上。他的妻子剛上完夜間進修課回來，立刻回房睡覺。

「你永遠也學不會的。」柯柏哀怨地說。

「人家說，下棋要有特殊天賦，」馬丁．貝克沮喪地回道，「要具備叫做『棋感』的東西。」

柯柏換了話題。

「我敢打賭，濱海大道今晚一定有得瞧了。」他說。

「想也知道。到底是什麼事？」

「他們要遞交一封信給大使，」柯柏說，「不過是一封信嘛，幹嘛不用寄的？」

「用寄的就沒有這場熱鬧了。」

「是沒有。但話說回來，這種事真是蠢得丟臉。」

「的確。」馬丁．貝克同意。

他戴上帽子，穿起外套準備走人。柯柏很快起身。

「我跟你一起出去。」他說。

「為何？」

「哦，散散步。」

「這種天氣散什麼步？」

「我喜歡下雨。」柯柏穿上深藍色的毛綢外套。

「我一個人感冒還不夠嗎？」馬丁・貝克說。

馬丁・貝克和柯柏是警察。他們隸屬凶殺組，目前沒有什麼案子要辦，因此可以理直氣壯地認為自己很閒。

市中心街上沒有警察的影子。倘若中央車站外有個老太太正等著巡邏警員過來敬禮，然後笑著扶她過馬路，她的願望恐怕要落空了。此刻就算有人剛拿磚頭砸破商店櫥窗，也不必擔心刺耳的巡邏車警笛聲會突然打斷他的好事。

警方正忙著呢。

警察局長一週前公開表示，目前警方不得不暫停許多例行職責，因為他們必須保護美國大使，不讓厭惡美國總統詹森和反越戰人士投遞的信件和其他玩意兒威脅到大使。

萊納・柯柏偵查員也不喜歡詹森總統和越戰，但他倒是真的喜歡下雨時在城裡散步。

晚上十一點，雨仍舊下著，示威行動可說是解散了。

就在此刻，斯德哥爾摩發生了八死命案和一宗謀殺未遂的案件。

2.

下雨了，他想著，洩氣地望向窗外。十一月的黑暗和冰冷的傾盆大雨。這正是冬天來臨的前兆。就快下雪了。

此刻的城裡沒有任何東西特別吸引人，尤其是這條街上光禿禿的樹和巨大的老舊公寓。一條荒涼的街道，打從一開始就規畫錯誤，完全弄擰了。這條街沒有特別通往何處，也從未真的通往某處。它就只是在這兒，陰鬱地讓人想起某個始於遠久之前、卻無疾而終的宏大都市計畫。這兒沒有亮著燈的商店櫥窗，人行道上也不見行人。只有沒了葉子的大樹和街燈，那冰冷的白光就投映在地上的水窪和打濕的汽車頂上。

之前他已在雨中蹣跚前進了許久，頭髮和長褲都濕透了，現在他感覺到腳脛上的濕意，冰冷的雨水還沿著頸子一路流到肩胛骨上。

他解開雨衣最上面兩顆釦子，手伸進上衣內，摸著手槍的槍柄。那玩意兒摸起來也是又冷又濕。

摸到槍，這個身穿深藍毛綢防雨大衣的男人不由自主地打了個寒顫，他試圖想點別的。比方說，他在五個月前到安德瑞茲*度假時的旅館陽台；比方說，那沉重、凝滯的熱氣，碼頭上的燦爛陽光，還有漁船和港灣對面那山巒上方的無垠藍空。

他隨後想到，每年此時，那兒八成也在下雨，而且屋內沒有暖氣，只有壁爐。車子已經不在同一條街上了，而且他很快又得出去淋雨。

他聽見後面有人下了階梯，知道是那個在十二站之前，在市中心的克萊拉堡路歐里恩百貨公司前上車的人。

下雨，他心想，我不喜歡雨，其實我根本痛恨雨；我想知道自己何時才能升官，我到底在這裡幹什麼，為什麼我不待在家裡的床上跟……

這是他最後的念頭。

這是一輛紅色的雙層公車，車頂外是乳白色，車內是灰色的天花板。這種公車是利蘭亞特蘭型，英國製，但配合瑞典在兩個月前才導入的靠右行駛的交通新制**，重新做了改動。這天晚上，它往返於斯德哥爾摩的四十七號公車路線，從獵苑島的拜曼斯洛大宅到卡爾堡，然後再原路折返。現在車正朝西北前進，接近站前北路的終點站，那裡離斯德哥爾摩和蘇納的分界線只有幾碼之遙。

蘇納是斯德哥爾摩的郊區，也是獨立的市政單位，然而兩者之間的分隔，僅是地圖上的一條虛線。

這輛紅色公車體積很大，超過三十六英呎長，將近十五英呎高，重十五噸有餘。它在兩排沒有葉子的路樹之間，沿著荒涼的卡爾堡街轟隆隆地行駛，車頭大燈亮著，霧氣迷濛的車窗讓車子從外面看來顯得溫暖而舒適。接著，它向右轉到北丘路上，引擎聲也隨著站前北路的下坡而變小。雨水打在車頂和窗戶上，車子沉重執拗地往下行駛，輪胎激起嘩啦啦的小瀑布。坡道終止之處，道路也嘎然而止。公車接下來得轉個三十度的彎到站前北路，然後再開三百碼抵達終點站。

這時，唯一看見這輛公車的人正在北丘路上方一百五十多碼高處，緊貼公寓牆壁站著。這人是個夜賊，正打算敲破一扇窗。他之所以注意這輛公車，是因為希望車快點開過去，所以他貼牆站著等待。

他看見公車在轉角處放慢速度，打著方向燈開始往左轉，接著就消失在視線外。雨下得更大了。他出手打破玻璃。

---

* Andratx，位在西班牙馬瑤卡島上的渡假勝地。

** 瑞典在一九六七年九月三日凌晨開始，規定車輛從原本的靠左行駛，改為靠右行駛。

他沒看見這輛公車並沒有真正轉過彎。

這輛紅色雙層巴士在轉彎過程中似乎停了一下，接著就直直穿越馬路，開上人行道，一頭衝進站前北路和荒蕪堆棧場中間的鐵絲網。

車停了。

引擎熄了火，但車頭大燈還是亮著，車裡的燈光也是。滿是霧氣的窗戶在寒冷的黑暗中仍顯得明亮而溫馨。大雨繼續打在金屬車頂上。

此刻是一九六七年十一月十三號，晚上十一點三分。

地點在斯德哥爾摩。

3.

克里斯森和卡凡特是蘇納的無線電巡邏警員。

在他們十分平凡的警員生涯中，逮捕過好幾千個醉漢、幾十個竊賊，還一度抓到一個惡名昭彰的性變態者，當時他正打算對一個六歲女孩下手。因此，他們倆算是救了那女孩一命。這件事距今還不滿五個月，雖然純屬僥倖，但他們打算要拿這豐功偉業一直炫耀下去。

這天晚上，他們沒抓任何人，兩人倒是各抓了一瓶啤酒；這似乎有違規定，因此最好假裝沒這回事。

將近十點半時，他們收到無線電呼叫，開車前往胡瓦斯塔郊區的教堂街，有人發現公寓門前台階上倒著一個人，好像死了。他們花了三分鐘就開到現場。

臨街的公寓大門前，的確有個穿著破舊黑長褲、爛鞋和邋遢黑白外套的傢伙俯臥在地。門內亮著燈的走道裡站著一個穿著拖鞋和睡衣的老女人。

顯然投訴的人就是她。她隔著玻璃門對他們比手劃腳，然後把門打開幾吋，從縫隙中伸出手，指向那個動也不動的人形。

「啊哈，這是怎麼回事？」克里斯森說。

卡凡特彎腰嗅了一下。

「醉昏了，」他極端嫌惡地說，「幫我一下，克勒。」

「等一下。」克里斯森說。

「呃？」

「這位太太，你認識這個人嗎？」克里斯森還算禮貌地問。

「應該認識。」

「他住在哪裡？」

女人指向走道裡面三碼處的一扇門。

「那裡。他要開大門鎖的時候睡著了。」

「哦，沒錯，他手上還抓著鑰匙。」克里斯森說，抓抓頭皮。「他獨居嗎？」

「誰會想跟這種死老頭住在一起？」這位女士說。

「你要幹嘛？」卡凡特懷疑地問道。

克里斯森沒有答話。他彎身從此人手中取過鑰匙，接著以長年練就的手法，一把將醉漢扯起來，用膝蓋頂開大門，把人拖進公寓內。女人杵在一旁，卡凡特則站在外面的台階上。兩人都帶著不贊同的神情望著這一幕，但並未干預。

克里斯森開了門，打開房裡的燈，扯下醉漢潮濕的外套。醉漢蹣跚前進一步，倒在床上，喃喃道：「謝了，小姐。」

接著，他翻個身就睡著了。克里斯森將鑰匙放在床邊的餐椅上，熄燈關門，回到警車上。

「晚安，這位太太。」他說。

女人緊抿著唇瞪著他，一甩頭進去了。

克里斯森此舉並非出於同胞愛，而是因為懶。

這一點卡凡特比誰都清楚。當初他們都還在馬爾摩當普通的街頭巡邏警員時，他就曾多次看見克里斯森在街上帶著醉漢往前走，甚至不惜過橋，只為了把人帶往另一個分局的管區。

卡凡特坐在駕駛座上。他發動車子，酸溜溜地說：「席芙老是說我懶，她應該看看你的。」

席芙是卡凡特的老婆，同時也是他最喜愛、而且通常是唯一的話題。

「我幹嘛要白白被人吐得一身都是？」克里斯森一派聰明口吻。

克里斯森和卡凡特不論身材或外表都很相似。兩人同為六呎一吋高，金髮，寬肩藍眼，不過性情大不相同，意見也常常相左。這就是他們倆無法達成協議的問題之一。

卡凡特正直不阿，他從不對眼見的事情妥協。不過，話說回來，他可是個盡量眼不見為淨的專家。

他在陰沉的靜默中沿著一條蜿蜒的路慢慢開著車。這條路從胡瓦斯塔經過警察學校，通過一處社區花園，途經鐵路博物館、國家細菌實驗室、啟明學校，然後曲折地穿越寬廣的大學區裡的各個學院，最後經過鐵路行政局，來到湯特柏得街。

這是一條經過深思熟慮後選擇的高明路線，所經之處幾乎可保證不會有人。他們一路上沒有碰到別的車子，前後也只看到兩個生物，首先是一隻貓，接著是另一隻貓。

他們開到湯特柏得街底時，卡凡特把車停下來，讓引擎空轉，散熱器距離與斯德哥爾摩市區的界線只有一碼，考慮如何安排剩下的工作時間。

我就看你臉皮是否厚到敢掉頭，循著原路開回去，克里斯森心想。他大聲說道：「可以借我十克朗嗎？」

卡凡特點點頭，從胸前口袋掏出皮夾，看也沒看他一眼，就把鈔票遞給夥伴。在此同時，他很快做了決定。如果越過市區界線，沿著東北方向的站前北路開五百碼，那就只要在斯德哥爾摩巡邏兩分鐘就可以。然後直接轉向尤金尼亞街，經過醫院，穿越綠地公園，沿著城北墓園開，最後回到警察局。屆時他們也下班了，而且沿路要碰到人的機會小之又小。

車子開進斯德哥爾摩，左轉到站前北路上。

克里斯森將十克朗鈔票塞進口袋，打了個呵欠。他瞄向外面的大雨，說道：

「那邊。朝這裡有個王八蛋跑過來了。」

克里斯森和卡凡特都來自南方的斯堪尼省，他們造句的字彙順序令人不敢恭維。

「還帶了一隻狗，」克里斯森說，「他在跟我們揮手。」

「那一桌不歸我管。」卡凡特說。

那是一隻小得令人覺得可笑的狗，狗兒根本就是被那個人拖著掠過地上的積水。遛狗人衝到路中央，擋在車子前面。

「媽的！」卡凡特咒道，猛踩煞車。

他搖下車窗吼叫：

「你這樣跑到路中間是什麼意思？」

「那邊……那邊有一輛公車……」那人指著對街，上氣不接下氣地說。

「那又怎樣？」卡凡特粗魯地說。「你怎麼可以這樣拖狗？這是虐待動物喔！」

「前面發生……發生了意外。」

「好吧，我們去處理。」卡凡特不耐地說。「走開。」

他繼續往前開。

「以後不要這樣攔車！」他回過頭大叫。

克里斯森直直瞪著前方的雨。

「沒錯。」他認命地說。「公車開到人行道上了。一輛雙層巴士。」

「燈還都亮著，」卡凡特說，「前門也開著。克勒，出去看一下。」

他停在公車後方，車身與公車呈直角。克里斯森打開車門，不自覺地拉直肩上的皮帶，自言自語道：「啊哈，這是怎麼回事？」

他和卡凡特一樣穿著長靴，以及飾有金色鈕釦的皮夾克，腰上佩著警棍和手槍。

卡凡特坐在車裡，望著克里斯森悠閒地走向公車敞開的前門。

卡凡特看見他抓住扶手欄杆，懶洋洋地跨上台階，對著公車內探頭。接著他驚呼一聲，很快蹲下來，右手伸向槍套。

卡凡特反應迅速。他只花了一秒就啟動警車頂上的紅燈、探照燈和一閃一閃的橘燈。

卡凡特打開車門衝進大雨中時，克里斯森仍舊蹲在公車旁。即便如此，卡凡特還是抽出他的七點六五毫米口徑華瑟型手槍，打開了保險栓，甚至還瞥了一下錶。

錶上時間正是十一點十三分。

4.

第一個抵達站前北路的資深警員是剛瓦德．拉森。

他本來正坐在國王島街警察總局內自己的桌前，翻閱著冗長枯燥的報告，無精打采至極，而且已不知第幾次想知道，大家為什麼不乾脆回家算了。

這個「大家」包含局長、副局長、幾位督察和幹員，由於那場結局皆大歡喜的暴動，這些人現在還在樓梯和走廊上來回奔走。等這些人認為可以告一段落、下班回家，他會盡快照辦。

電話響起。他咕噥一聲拿起話筒。

「喂，我是拉森。」

「這裡是無線電管制中心。一個蘇納的無線電巡邏警員在站前北路發現一輛公車，車裡全是屍體。」

剛瓦德．拉森瞥向牆上的電子鐘，十一點十八分。他說：

「蘇納地方的無線電巡邏員怎麼會在斯德哥爾摩發現全是屍體的公車？」

剛瓦德・拉森是斯德哥爾摩警局凶殺組的偵查員。他性情剛愎、固執，可不是最受喜愛的警方人員。

但他從不浪費時間，因此第一個抵達現場的是他。

他拉起手煞車，翻起外套領子，走進雨中。他看見一輛紅色雙層公車開到了人行道上，車頭衝破一道高聳的鐵絲網。他還看見一輛黑色的普里茅茲，白色擋泥板，車門上以粗體白字寫著「警察」。車子的緊急燈亮著，在探照燈的錐形光束中站著兩名拿著手槍的警員。兩人臉色都蒼白異常。其中一人的皮夾克前還沾了嘔吐物，正困窘地用濕透的手帕擦拭胸口。

「出了什麼事？」剛瓦德・拉森問。

「裡面……裡面有好多屍體。」其中一個警員說。

「對，」另一人說，「沒錯，好多。還有一堆彈殼。」

「有一個人沒死。」

「還有個警察。」

「警察？」剛瓦德・拉森問。

「對，一個刑事調查部門的人。」

「我們認識他。他在瓦斯貝加辦案。凶殺組的。」

「但我們不知道他叫什麼名字。他穿著一件藍色雨衣。死了。」

兩個無線電巡邏警員異口同聲，但聲音微弱，而且神色不安。

他們的身材可不矮小，可是一站在剛瓦德．拉森旁邊，就顯得沒那麼壯碩了。

剛瓦德．拉森有六呎五吋高，將近兩百二十磅重。他的肩膀跟重量級職業拳手一樣寬，有一雙多毛的大手。他後梳的金髮已經濕得滴水。

眾多警笛的尖響劃破淅瀝的雨聲。聲聲警笛似乎來自四面八方。剛瓦德．拉森豎起耳朵，說道：「這裡是蘇納嗎？」

「剛好在市區界線上。」卡凡特賊賊地說。

剛瓦德．拉森藍色的眼睛毫無表情地從克里斯森望向卡凡特。接著，他大步走向公車。

「裡面……裡面活像是屠宰場。」克里斯森說。

剛瓦德．拉森沒有碰公車。他把頭伸進打開的車門朝裡張望。

「沒錯，」他沉穩地說，「的確一團糟。」

5.

馬丁・貝克的公寓位在巴卡莫森。他在自家門口停下，脫下雨衣，在樓梯間甩掉雨水，才將雨衣掛起來，關上門。

玄關很暗，但他沒開燈。他看見女兒房門底下透出一道光，聽見收音機還是唱機在房裡響著。他敲門進去。

他女兒叫英格麗，今年十六歲。最近她成熟了些，馬丁・貝克和她處得比以前好多了。英格麗是個平靜、務實，而且滿聰明的孩子，馬丁喜歡跟她聊天。她在唸綜合中學的最高年級，學業難不倒她，但她可不是過去他們說的那種書呆子。

英格麗靠在床上看書。床邊的唱機在播著唱片。不是流行樂，而是古典樂，他猜應該是貝多芬。

「嗨，」他說，「還不睡啊？」

他停了下來。說出口的話如此空洞，讓他簡直無法動彈。有一瞬間，他想到過去十年來在這間屋子裡所有說過的零碎瑣事。

英格麗放下書，關掉唱機。

「嗨，爸。你說什麼？」

他搖搖頭。

「老天，你的腿好濕，」女孩說，「外面雨下得那麼大嗎？」

「傾盆大雨。你媽和洛夫睡了嗎？」

「我想是吧。吃完晚飯，媽就把洛夫裹得緊緊的，叫他上床睡覺。媽說他感冒了。」

馬丁・貝克坐在床上。

「他沒感冒嗎？」

「我覺得他看起來沒事。但他還是乖乖上床，也許以為這樣明天就不必去上課。」

「你好像很用功。在唸什麼？」

「法文，明天要小考。你要考我嗎？」

「恐怕沒什麼用。法文不是我的強項。早點睡吧。」

他站起來，女孩聽話地往下縮進被子裡。他替她蓋好被子。關門離開前，他聽到她低語。

「祝我明天好運。」

「晚安。」

他在黑暗中走到廚房，在窗邊站了一會兒。雨現在似乎比較小了，但這也可能是因為廚房窗戶沒有直接對著風口的緣故。馬丁．貝克想知道美國大使館前的示威情況如何，明天報紙將會以粗暴挑釁、還是笨拙無能來形容警方的作為。總之，都會是負面批評的口吻。打從有記憶以來，他一向都是擁護警方的，所以馬丁．貝克只肯對自己承認，這些批評雖然有點一面倒，但大多情有可原。他想到幾個星期前某天晚上英格麗說的話。英格麗有許多同學都非常積極參與政治活動，參加聚會和示威，其中大部分人都很討厭警察。她說她小時候可以驕傲地在學校炫耀說自己的爸爸是警察，但現在寧可不提。不是因為覺得丟臉，而是因為自己常會被人拖去討論，以期為全體警察辯護。這當然很可笑，但事情就是這樣。

馬丁．貝克走到客廳，在妻子臥房門口駐足，聽見她微微的鼾聲。他小心翼翼地拖出沙發床，打開壁燈，拉上窗簾。他不久前買了這張沙發床，不再和妻子同房，藉口是這樣他晚歸時才不會打攪到她。她反對過，說有時他必須徹夜工作，然後在白天補眠，她可不希望他躺在這裡睡亂了客廳。他保證，這種情況下他會去睡亂臥房，反正白天大部分時間她也不在臥房。這一個月來，他都睡在客廳，而且很喜歡這樣。

他的妻子叫英雅。

多年來，兩人的關係每下愈況，不必跟她同床共枕真是讓他鬆了一口氣。這種感覺有時讓他良心不安，但在結婚十七年後，他似乎也無力改變什麼，而且他早就放棄追究這究竟是誰的過錯。

馬丁·貝克忍住一陣咳嗽，脫下濕長褲，掛在電暖爐附近的椅背上。他坐在沙發床上脫下襪子，想到柯柏之所以半夜想在雨中散步，可能是因為他的婚姻也陷入了一成不變的厭倦感。這麼快嗎？柯柏結婚才十八個月而已。

第一隻襪子還沒脫下，他就否定了這個念頭。萊納和葛恩在一起很幸福，這點毫無疑問。更何況這干他底事？

他站起來，裸著身子走到客廳另一端的書架前，看了許久才選了一本。這是英國老外交家尤金·米林頓·德瑞克爵士的書，內容在談斯疋號戰艦和拉普拉塔之役。他在大約一年前買了這本二手書，一直沒時間讀。他爬到床上，帶著罪惡感輕咳著翻開書，然後發現沒菸了。沙發床有個好處，就是現在他可以在床上抽菸，不必擔心會有什麼麻煩。

他再度起身，從雨衣口袋裡掏出一包潮濕、壓扁的菸，在床邊桌上將菸一根根攤開晾乾，選了一根看起來最容易點燃的。他叼著菸，一隻腿才剛放到床上，電話便響了。

電話在客廳外的走廊上。他在六個月前已申請了一支分機裝在客廳，但他知道電話公司的辦事效率，即使要再等六個月後分機才會裝好，也算他走運。

他很快走過去，在第二聲鈴響還沒結束前就拿起話筒。

「我是貝克。」

「貝克督察嗎？」

他不認識這個聲音。

「我是。」

「這是無線電管制中心。一輛四十七路公車在終點站附近的站前北路出了意外，有數名乘客死亡。請你立刻前往現場。」

馬丁．貝克的第一個念頭是有人在開他玩笑，或是某個死對頭在找他麻煩，試圖騙他再出去淋雨。

「誰通報的？」他問。

「第五分局的韓森。已通知哈瑪督察長。」

「死亡人數？」

「他們還不確定。至少六個。」

「有逮捕任何人嗎？」

「據我所知沒有。」

馬丁・貝克心想，我順道去接柯柏，希望叫得到計程車。他說：「好，我立刻去。」

「哦，督察……」

「什麼事？」

「死者當中……似乎有一個你們的人。」

馬丁・貝克緊抓著話筒。

「誰？」

「我不知道，他們沒有提名字。」

馬丁・貝克摔下話筒，頭靠在牆上。萊納！一定是他。他是著了什麼魔，下雨還要出門？他在四十七路公車上幹嘛？不，不會是柯柏，一定是弄錯了。

他拿起話筒撥了柯柏的號碼。另一端鈴響了一聲，兩聲，三聲，四聲，五聲。

「柯柏家。」

是葛恩睡意沉沉的聲音。馬丁・貝克試圖讓語氣平和、自然。

「嗨，萊納在嗎？」

他似乎聽見葛恩坐起來時床發出的吱嘎聲，似乎過了非常久，她才回答。

「不在，至少不在床上。我以為他跟你在一起，我以為你們倆都在這裡。」

「我回來時他跟我一起出門，說要去散步。你確定他不在家嗎？」

「可能在廚房。等等，我去看看。」

又過了似乎一輩子她才回來。

「馬丁，他不在家。」

現在她的語氣聽起來很擔心。

「他到哪兒去了？」她說。「天氣這麼壞。」

「我想他只是出去透透氣。我也剛回家，所以他出去沒多久。別擔心。」

「要不要叫他回來後打電話給你？」

她似乎安心了。

「不用，沒什麼要緊事。你好好睡，晚安。」

他放下話筒，突然覺得渾身發冷，牙齒打顫。他再度拿起電話，心想得打給某人，弄清楚到底發生什麼事。但他決定最好的方法就是盡快趕往現場。他撥了最近的計程車招呼站專線，立刻叫來一輛車。

馬丁．貝克幹警察這行已經二十三年了，在這期間有幾位同僚殉職，每次發生這種事，他都非常難過，他內心深知，警察這一行越來越危險，下一回可能就輪到自己。但柯柏對他而言不只是個同事而已，多年來他們在工作上互相仰賴日深。他們彼此互補，而且早已學會不必浪費言詞，就能了解對方的想法和感覺。柯柏十八個月前結婚，搬到史卡瑪布林時，他們住的地方也變近了，不上班的時候也會相約碰面。

柯柏不久前在罕見的沮喪時刻曾說過：「要是你不在了，天曉得我會不會繼續幹下去。」

馬丁・貝克心中想著這句話，穿上濕雨衣衝下樓，計程車正在等他。

6.

雖然夜已深沉，而且下著大雨，卡爾堡路的封鎖線外還是聚集了一堆人。馬丁．貝克步下計程車時，他們好奇地盯著他。披著黑色擋雨斗篷的年輕巡警粗暴地想攔下馬丁．貝克，但另一個警察抓住這巡警的手臂，敬了個禮。

有個穿淺色短雨衣、身材矮小的人擋在馬丁．貝克前面說：「請接受我致哀，督察。聽說有一個你的手下——」

馬丁．貝克的眼神讓那人隨即噤若寒蟬。

他知道這個傢伙是何許人，而且非常討厭他。此人是個自由投稿的新聞從業者，以犯罪報導記者自居。他的專長是報導謀殺案件，內容卻充滿令人作嘔的煽動文字和錯誤的細節描述。事實上，只有最爛的週報才會刊登這種東西。

這人悄悄溜開。馬丁．貝克跨過繩子，他看見前方不遠處的索爾廣場方向圍起了另一處範圍較小的警戒區。圍起來的地方停滿黑白相間的警車，以及穿著雨衣、閃閃發亮而無法辨識的人影。紅色雙層公車周遭的地面鬆軟、泥濘。

公車內的燈亮著，大燈也開著，但光柱在大雨中照不遠。國立鑑識實驗室的救護車停在後方，車頭朝向卡爾堡路方向。法醫的車也在現場。損毀的鐵絲網後面有人忙著架起泛光燈。這一切都顯示此處發生的事情非比尋常。

馬丁・貝克抬頭望向對街陰暗的公寓建築。幾個人影在亮著燈的窗戶裡晃動。他看見水淥淥的窗玻璃後面映著模糊白點似的人臉。一個光著腿、穿著靴子的女人在睡衣外面披上雨衣，從意外現場斜對面的公寓走出來。警察在她走到街心時將她攔下，抓著她的手臂領她走回公寓大門。巡警大步往前，女人在旁邊半跑半走，濕掉的白睡袍下擺纏在腿上。

馬丁・貝克看不見公車門，但能瞧見當中有人走動，應該是鑑識實驗室的人正在作業吧。他也沒看見任何凶殺組的同事，心想他們應該是在公車另一邊。

他不由自主地放慢腳步，想到不久之後即將面對的情景，雙手在外套口袋中緊握成拳。他刻意避開法醫那輛灰色的車。

光線從雙層公車中間敞開的門洩出，哈瑪站在光暈之中。多年來，哈瑪都是他的長官，現在則是督察長。他在跟公車上的人說話。哈瑪轉過身，面對馬丁・貝克。

「你來了。我還以為他們忘記打電話給你。」

馬丁・貝克沒有回答，走到車門口探頭進去。

他覺得胃部肌肉糾結成一團。情況比他想像的還要糟糕。

冰冷、明亮的光線讓每個細節都像蝕刻版畫般地清楚浮現。整輛公車上滿是血淋淋的扭曲屍體。

他想轉身走開不要看，但臉上完全不動聲色。相反地，他強迫自己在心中有條不紊地記下所有細節。實驗室的人員正井然有序地默默工作。其中一人望著馬丁・貝克，緩緩搖著頭。

馬丁・貝克將屍體逐一看過。他認不出任何人。至少在目前這種情況下認不出。

「那邊那個，」他突然說，「他是……」

他轉向哈瑪，突然說不下去了。

柯柏從哈瑪身後的黑暗中出現。他沒戴帽子，頭髮貼在前額上。

馬丁・貝克瞪著他。

「嗨，」柯柏說，「我還在想你怎麼了呢，正要告訴他們再打個電話給你。」

他在馬丁・貝克前面停下，仔細地望著他。

柯柏隨後厭惡地快速瞥了公車內部一眼，接著說：

「你需要一杯咖啡。我去替你弄一杯。」

馬丁・貝克搖頭。

「你要。」柯柏說。

他嘎吱嘎吱地走開了。馬丁・貝克盯著他的背影，然後走到前門探頭去看。腳步沉重的哈瑪跟在後面。

公車司機癱倒在方向盤上。他的頭被子彈打穿。馬丁・貝克看著那曾經是人臉的部位，對於自己竟然不覺得反胃感到微微驚訝。他轉向哈瑪。哈瑪面無表情地望向雨中。

「他到底在這裡幹什麼？」哈瑪毫無表情地說。「為什麼在這公車上？」

在這瞬間，馬丁・貝克知道先前那通電話中提到的人是誰了。

通往公車上層階梯後方的那扇窗戶旁，坐著歐格・史丹斯壯，凶殺組的巡佐，馬丁・貝克的年輕同事。

「坐」或許不是正確的字眼。史丹斯壯呈大字形癱在座位上，深藍色的毛綢雨衣吸滿血，右肩靠在隔壁一位俯身向前的年輕女子背上。

他死了，跟那年輕女子和車上其他六個人一樣。

他右手握著警槍。

7.

雨下了一整夜。雖然根據曆書，太陽在這個時節應該在七點四十分升起，但今早一直到將近九點時，陽光才穿透雲層，灑下朦朧的微弱光亮。

這輛紅色的雙層公車仍然和十小時前一樣，停在站前北路的人行道上。

不過，唯一相同的也只有這一點。廣大的警戒區內目前大約有五十個人，好奇在外圍群聚圍觀的人則是越來越多。許多人從午夜開始就站在那裡，他們只看見警察和醫護人員，以及鳴著警笛的各式車輛。警笛聲徹夜不斷，車子在濕答答的街道上來來去去，顯然沒有目的地，也不知道為了什麼。

沒有人確切知道任何事，但有一個詞語口耳相傳，很快就傳遍看熱鬧的人群、周圍的住戶和這座城市，最後漸漸成型，舉國皆知。現在，這些字眼已經傳到國外了。

集體謀殺。

斯德哥爾摩的集體謀殺。

斯德哥爾摩公車上的集體謀殺。

每個人都認為自己至少知道這一點。

而國王島街上的警察總局知道的也不過這些。連該由誰負責調查此案都不確定。到處一片混亂。電話響個不停，人來來去去，地板弄髒了，而這些弄髒地板的人脾氣惡劣，全身濕黏，又是汗又是雨。

「誰在處理死者名單？」馬丁・貝克問道。

「大概是隆恩吧。」柯柏頭也不回地說。

他正忙著把一張圖貼在牆上。這張圖超過三碼長，二分之一碼寬，難搞得很。

「誰來幫我一下好嗎？」他說。

「當然。」米蘭德平靜地回應，他放下菸斗，站了起來。

斐德利克・米蘭德是個外表嚴肅、條理分明的高瘦男子。他四十八歲，是凶殺組偵查員。柯柏和他搭檔多年，都忘記到底多少年了。不過米蘭德沒忘。他一向以過目不忘聞名。

兩支電話同時響起。

「喂，我是貝克督察……誰？他不在。要我請他回電嗎？哦，這樣啊。」

他掛上電話，伸手接起另一支。一個年近半百、頭髮幾乎全白的男人謹慎地打開門，遲疑地在門檻上停下。

「伊克，什麼事？」馬丁．貝克問道，同時拿起話筒。

「那輛公車……」白髮男子開口。

「我什麼時候回家？完全不知道。」馬丁．貝克對著電話說。

「媽的。」柯柏大叫，膠帶黏在他肥肥的手指上。

「別急。」米蘭德說。

馬丁．貝克轉向站在門口的人。

「公車怎樣？」

伊克關上門，看著手中的筆記。

「公車是在英國的利蘭工廠製造，這一型叫做亞特蘭。但我們這裡叫做H35型。車上有七十五個座位。奇怪的是——」

門猛然打開。剛瓦德．拉森瞪著亂七八糟的辦公室，滿臉難以置信的表情。他的淺色短雨衣、長褲和金髮都濕透了，鞋子上全是泥巴。

「這裡真他媽的一團糟。」他咕噥道。

「公車有什麼奇怪之處？」米蘭德問。

「這一型的車通常不跑四十七號路線。」

「是嗎？」

「我是說通常不跑。四十七路一般都是德國布欣公司的公車在跑，也是雙層的。這輛是例外。」

「這線索真是棒透了。」剛瓦德・拉森說。「所以這個瘋子只殺英國公車上的人。你是這個意思嗎？」

伊克洩氣地望著他。剛瓦德・拉森甩甩頭說：「對了，大廳裡那群猴子在幹嘛？是什麼人？」

「新聞記者，」伊克說，「得有人出去應付他們。」

「我不去。」柯柏立刻說。

「哈瑪、局長、司法部長還是什麼大官不是應該發個公告嗎？」剛瓦德・拉森說。

「很可能還沒開始寫。」馬丁・貝克說。「伊克說的對，得有人去應付他們。」

「我不去。」柯柏又說了一遍。

然後，他突然轉過身，靈機一動似地，以幾乎是勝利的姿態開口：

「剛瓦德，」他說，「第一個抵達現場的是你。你去舉行記者會。」

剛瓦德．拉森盯著滿屋子的人，多毛的右手拂開額前一綹濕髮。馬丁．貝克一聲不吭，目光甚至沒望向門口。

「好吧。」剛瓦德．拉森說。「看把這些人隨便趕進哪個房間，我去跟他們說。但我得先知道一件事。」

「什麼？」馬丁．貝克問。

「有人通知史丹斯壯的媽媽嗎？」

一片死寂。這個問題彷彿讓房間裡所有人全變成了啞巴，包括剛瓦德．拉森自己在內。站在門口的他輪流望著大家。

最後米蘭德轉過頭說：「通知過了。」

「很好。」剛瓦德．拉森砰一聲帶上門。

「很好。」馬丁．貝克喃喃自語，手指在桌上噠噠地敲扣著。

「這樣好嗎？」柯柏問。

「什麼？」

「讓剛瓦德……你不覺得媒體對我們的批評已經夠多了嗎？」

馬丁．貝克望著他，沒有說話。柯柏聳聳肩。

九。

「好吧，」他說，「反正無所謂。」

米蘭德回到座位，拿起菸斗點燃。

「沒錯，」他說，「一點也不重要。」

他和柯柏已經貼好圖。這是一張公車下層位置的放大草圖，上面畫有幾個人形，編號從一到

「隆恩跟乘客名單在哪裡？」馬丁・貝克喃喃道。

「關於公車還有另外一點——」伊克頑固地繼續說。

電話響了。

8.

這間準備用來和媒體見面的辦公室，完全不適合做此用途。除了一張桌子、四張椅子和幾個櫃子之外，裡邊空無一物。剛瓦德．拉森走進房間時，裡面已經瀰漫著菸霧和濕外套的悶味。

他在門口停下，望著聚集在此的新聞記者和攝影師，語調毫無起伏地說：「你們想知道什麼？」

現場眾人全部同時開口。剛瓦德．拉森舉起手，說道：「拜託，一次一個。你，那邊那個，你可以開始發問，然後我們從左到右依序下去。」

接下來就是記者會進行的過程：

問：何時發現公車？

答：昨晚大約十一點十分時。

問：誰發現的？

答：某個在路上攔下巡邏警車的行人。

問：公車上有多少人？

答：八個。

問：他們全死了嗎？

答：對。

問：這些人的死因是？

答：目前還無法下定論。

問：他們的死是外部暴力造成的嗎？

答：或許。

問：你說「或許」是什麼意思？

答：就是我說的意思。

問：有射擊的跡象嗎？

答：有。

問：所以這些人全是遭槍擊死亡的嗎？

答：或許。

問：所以這是集體謀殺案囉？

答：是。

問：你們找到凶器了嗎？

答：沒有。

問：警方是否有拘捕任何人？

答：沒有。

問：是否有任何線索或跡象顯示，這是特定人士所為？

答：沒有。

問：這起案件是一人單獨犯案嗎？

答：不知道。

問：有任何跡象顯示，行凶殺害這八名死者的不只一人嗎？

答：沒有。

問：一個人怎麼可能在公車上將八個人全數殺掉，其間卻沒有任何人反抗？

答：不知道。

問：子彈是從公車內射擊，還是來自車外？

答：不是車外。

問：你怎麼知道？

答：受損的窗玻璃是從內部擊破的。

問：兇手使用什麼武器？

答：不知道。

問：一定是機槍或衝鋒槍吧？

答：無可奉告。

問：兇手行凶時，公車是在行駛中，還是停下的？

答：不知道。

問：公車的位置，不就正顯示兇手是在車子行進時開槍，所以車才會開上人行道嗎？

答：是。

問：警犬有聞到什麼嗎？

答：當時在下雨。

問：那是一輛雙層巴士，對嗎？

答：對。

問：屍體在哪裡？上層還是下層？

答：下層。

問：八個死者都在下層？

答：對。

問：是否已知死者身分？

答：不知道。

問：知道其中任何一人的身分嗎？

答：知道一個。

問：誰？司機嗎？

答：不是，是警察。

問：警察？告訴我們他的名字好嗎？

答：巡佐歐格・史丹斯壯。

問：史丹斯壯？凶殺組的？

答：對。

幾名記者試圖朝前擠向門口，但剛瓦德・拉森再度舉起手。

「請不要進進出出，拜託。」他說。「還有其他問題嗎？」

問：史丹斯壯巡佐是公車上的乘客嗎？

答：他不是司機。

問：你們認為他只是偶然搭到這班公車嗎？

答：不知道。

問：這個問題是問你個人的：死者中有刑事單位的人，你是否認為這純屬偶然？

答：我不是來這裡發表個人意見的。

問：發生這件事之前，史丹斯壯巡佐是否在進行任何特殊調查？

答：不知道。

問：他昨夜是否在執勤？

答：沒有。

問：他休假？

答：對。

問：那他一定是偶然搭上公車。你能提供其他死者的姓名嗎？

答：不能。

問：這是瑞典的第一宗集體謀殺案。最近幾年國外發生了好幾起類似事件。你認為，這種瘋狂行為是否可能是受到國外、比方說美國的影響？

答：不知道。

問：警方是否認為，兇手是個希望引起大眾注意的瘋子？

答：這是一種理論。

問：好，但這答案沒有回答我的提問。警方是否根據這種理論辦案？

答：所有線索和可能性我們都會調查。

問：有多少死者是女性？

答：兩位。

問：所以其他六位是男性？

答：是的。

問：包括公車司機和史丹斯壯巡佐在內？

答：對。

問：等一下。我們得到的資訊說，在警方架設封鎖線之前，公車上有一名生還者被救護車送往醫院。

答：哦？

問：是真的嗎？

答：下一個問題。

問：顯然你是最先抵達現場的警察之一？

答：對。

問：你何時到達的？

答：十一點二十五分。

問：當時公車內看起來怎樣？

答：你覺得呢？

問：你會說那是你生平見過最可怕的景象嗎？

剛瓦德・拉森神情茫然地望著發問者。那人是個年輕男子，戴著圓框的鋼絲邊眼鏡，留著不太整齊的紅鬍子。最後他回說：「我不會。」

這個回答引起了一些困惑。一名女記者皺起眉頭，難以置信地說：「這是什麼意思？」

「就是我說的意思。」

剛瓦德．拉森在投入警界之前曾是海軍水兵。一九四三年八月，他參與了清理野狼號潛水艇的任務；野狼號撞上水雷，沉在海底三個月之後才打撈上來。殉職的三十三名水手中有幾位曾經跟他一起受過訓。大戰之後，他曾參與協助從雷涅斯拉特軍營引渡波羅的海諸國的通敵者。他也見過數千名從德國集中營倖存回來的受難者，這些人大多是婦女，而且存活下來的不多。

然而，他看不出為何要跟這群年輕記者解釋這些，於是他簡潔地說：「還有其他問題嗎？」

「警方有接觸到任何目擊這起事件的證人嗎？」

「沒有。」

「所以，斯德哥爾摩市內發生了集體謀殺案，八人遇害。警方要說的就只有這樣？」

「對。」

記者會就此結束。

9.

帶著乘客名單的隆恩進來了好一會兒，房裡的人才注意到他。馬丁．貝克、柯柏、米蘭德和剛瓦德．拉森正圍著一張擺滿案發現場照片的桌子，隆恩突然出現在他們身邊說：「準備好了，名單。」

隆恩出身於北方的阿耶普洛，雖然他在斯德哥爾摩已經住了二十多年，但仍會使用瑞典北部的方言。

他把名單放在桌角，拉來一張椅子坐下。

「別這樣嚇人。」柯柏說。

房間裡先前一直鴉雀無聲，隆恩的聲音嚇了他一跳。

「好，我們來瞧瞧。」剛瓦德．拉森不耐煩地說道，伸手去拿名單。

他研讀了一會兒，將名單遞回給隆恩。

「我沒看過寫得這麼爛的字。你自己看得懂嗎？你沒打幾份副本？」

「打了，」隆恩回答，「待會就給大家。」

「好吧，唸出來。」柯柏說。

隆恩戴上眼鏡，清清喉嚨。他看著手中的名單。

「八名死者中，有四人住在終點站附近，」他開口道，「倖存者也住在那裡。」

「照順序一個個來。」馬丁・貝克說。

「好，第一個是司機。他頸背中了兩槍，後腦一槍，應該是立即死亡。」

馬丁・貝克不必看隆恩從桌上成堆相片中挑出的那一張。他清楚記得駕駛座上那人的模樣。

「司機叫古斯塔夫・班松，四十八歲，已婚，有兩個小孩，住在伊涅朵路五號。他的家人已接獲通知。這是他當天跑的最後一趟車，本來等乘客在終點站下車後，他就會把車開到林達根街的翁斯堡停車場。車費袋裡的錢沒被動過，他的皮夾裡有一百二十克朗。」

他從眼鏡上緣望向其他人。

「目前關於他的資料只有這樣。」

「繼續。」米蘭德說。

「我按照草圖上的順序來說好了。第二個是歐格・史丹斯壯。背部五槍，右肩從側面中了一槍，可能是反彈的子彈。他二十九歲，住在──」

剛瓦德・拉森打斷他。

「跳過這段。我們知道他住哪。」

「我不知道。」隆恩說。

「繼續。」米蘭德說。

隆恩清清喉嚨。

「他住在柴豪夫路，和未婚妻……」

「他們沒訂婚。不久前我才問過他。」

馬丁・貝克不悅地瞥了剛瓦德・拉森一眼，點頭示意隆恩繼續。

「……烏莎・托瑞爾，二十四歲，在旅行社上班。」

他很快瞥了剛瓦德・拉森一眼，說道：

「他們同居。我不知道有沒有人通知她。」

米蘭德取出口中的菸斗說：「通知了。」

五個人無一看著史丹斯壯屍體殘缺的照片。他們看過了，寧可不要再看一遍。

「他右手握著警槍，槍已上膛，但沒有擊發。他口袋裡的皮夾有三十七克朗、身分證、一張烏莎・托瑞爾的照片、一封他母親寫來的信和幾張收據。同時還有駕照、筆記本、筆和一串鑰匙。等檢驗室的人檢查完畢，這些都會還給我們。我可以繼續嗎？」

「請。」柯柏說。

「史丹斯壯鄰座的女孩子叫做布麗特・達尼蘇，二十八歲，未婚，在主日醫院上班。她是有牌照的護士。」

「我在想，他們是不是一起的，」剛瓦德・拉森說，「或許他在外面找樂子也說不定。」

隆恩不贊同地看著他。

「我們最好查清楚。」柯柏說。

「她和同醫院的另一名護士合住在卡爾堡街八十七號。根據她的室友莫妮卡・葛羅洪表示，布麗特・達尼蘇會從醫院直接搭公車回家。她太陽穴中彈，一槍斃命。車上身中一顆子彈的人只有她。她的提包裡有三十八件不同的東西。我要一一說明嗎？」

「老天，不用了。」剛瓦德・拉森說。

「草圖上第四個人是生還者阿爾方斯・舒利。他仰躺在後方兩排椅子中央的走道上。你們已經知道他的傷勢。腹部中槍，一顆子彈卡在心臟附近。他四十三歲，自己一個人住在站前北路一一七號，在市政府公路局上班。對了，他的情況如何？」

「還在昏迷中。」馬丁・貝克說。「醫生認為他有清醒可能。但就算人醒了，醫生也不確定他能否說話，甚至是不是記得任何事。」

「肚子裡有子彈會妨礙你說話嗎？」剛瓦德．拉森問。

「是驚嚇。」馬丁．貝克說。

他把椅子往後推，伸展身子，然後點燃一根菸，站在草圖前面。

「角落這個人呢？」他說，「第八號這個？」

他指向公車最後面右手邊的座位。隆恩查看名單。

「他中了八顆子彈。胸部和腹部。是個阿拉伯人，叫做默罕穆德．布席，阿爾及利亞公民，三十六歲，在瑞典沒有親戚。他住在站前北路的寄宿公寓，顯然是下班要回家。他在伐沙路的鋸齒燒烤餐廳工作。目前沒有他進一步的資料。」

「阿拉伯，」剛瓦德．拉森說，「那個地方不是一天到晚都有一堆槍擊案？」

「你的政治常識太糟了，」柯柏說，「你應該申請調到警安會去。」

「正確的名稱應該是『國家警察委員會安全部門』。」剛瓦德．拉森說。

隆恩站起來，從照片堆中找出一兩張，排在桌面上。

「我們無法辨認出這位無名氏，」他說，「第六號。他坐在中央車門後方靠外面的座位，中了六顆子彈。他口袋裡有火柴盒擦燃的那一面、一包比爾香菸、一張公車票和一千八百二十三克朗現金。就這樣。」

「一大筆錢。」米蘭德沉思道。

他們傾身靠向桌面，研究這不知名人士的照片。此人癱在座位上，雙臂伸開，左腳在走道上，外套前胸全是血。他沒有臉。

「幹，非他不可了。」剛瓦德・拉森說。「就連他親娘也認不出來。」

馬丁・貝克回去研究牆上的草圖。他伸出左手：「我不排除有兩個的可能性。」

其他人看著他。

「兩個的什麼？」剛瓦德・拉森問。

「兩個槍手。看看這些乘客，全都沒有離開座位，除了生還者；他可能還是中槍之後朝前趴倒在地的。」

「兩個瘋子？」剛瓦德・拉森懷疑地說。「在同一時間？」

柯柏走過去站在馬丁・貝克旁邊。

「你是說，要是兇手只有一人，應該會有人能及時反應？嗯，或許吧。但兇手只是開槍掃射而已。一切發生得很快，而且當時乘客可能都在打盹……」

「要繼續唸乘客名單嗎？等我們查出武器是一把還是兩把，就可以知道答案了。」

「當然，」馬丁・貝克說。「埃拿，繼續吧。」

「第七號是個叫做雍恩・蕭斯莊的工頭。他坐在無名氏的旁邊，五十二歲，已婚，住在卡爾堡街八十九號。根據他的妻子說，他是從席貝莉街的工坊加班回來。沒有任何異常之處。」

「只差在回家路上吃了一肚子的子彈。」剛瓦德・拉森說。

「中央車門前方的靠窗座位上是亞斯塔・阿薩森，第八號，四十二歲。腦袋被轟掉一半。他住在戴涅街四十號的住家兼辦公室，和弟弟一起做進出口貿易。他太太不知道他為什麼在這班公車上。根據她的說法，他應該在納法路參加俱樂部的聚會。」

「啊哈，」剛瓦德・拉森說，「出去偷腥了。」

「是，的確有此跡象。他的手提箱裡有一瓶威士忌，黑標的Johnnie Walker。」

「啊哈。」懂得講究的柯柏這麼說。

「除此之外，他還帶了不少保險套，」隆恩說，「手提箱夾袋裡有七個。還有一本支票簿和八百多克朗現金。」

「為什麼是七個？」剛瓦德・拉森問。

門打開了，伊克探頭進來。

「哈瑪要你們在十五分鐘後到他辦公室。也就是十點四十五分。做簡報。」

他走開了。

「好，我們繼續。」馬丁・貝克說。

「說到哪裡了？」

「有七個保險套的男人。」剛瓦德・拉森說。

「關於這個人，還有其他可說的嗎？」馬丁・貝克問。

隆恩瞥向自己潦草寫下的名單。

「我想沒了。」

「那就下一個。」馬丁・貝克坐在剛瓦德・拉森的桌上說。

「第九號坐在阿薩森前方第二個座位。希爾朵・尤翰生女士，六十八歲，住在站前北路一百一十九號。肩膀中彈，脖子被打穿。她有個出嫁的女兒住在費斯曼納街，她替女兒照顧完孩子，從那裡回家。」

隆恩把名單折起來塞進外套口袋。

「就這些人。」他說。

剛瓦德・拉森嘆了口氣，把照片整齊地分成九疊。

米蘭德放下菸斗，咕噥一聲，出去上廁所。

柯柏往後靠，翹起椅子的前腳，說道：「我們從這些當中到底得知了什麼？一個尋常的晚上，在一輛普通的公車上，有九個很普通的人毫無理由地被衝鋒槍幹掉了。除了那個身分還不明的人之外，我看不出有哪個人不對勁的。」

沒有人答話。

「有一個。」馬丁·貝克說。「史丹斯壯。他在公車上幹什麼？」

•

一個小時後，哈瑪問了馬丁·貝克同樣的問題。

哈瑪召集了一個特殊調查小組，這個小組從現在開始將全力偵辦這起公車謀殺案。小組成員包括十七位經驗豐富的刑事人員，由哈瑪領頭。馬丁·貝克和柯柏同時也負責這項調查。仔細研究過所有已知事實，也分析了情勢，任務便分派出去。在簡報結束，除了馬丁·貝克和柯柏以外的人全都出去之後，哈瑪說：「史丹斯壯在公車上幹什麼？」

「不知道。」馬丁·貝克回答。

「似乎也沒人知道他最近在忙些什麼。你們知道嗎？」

柯柏雙手一攤，聳聳肩。

「完全不知道。我是說除了例行公事之外。應該也沒在忙什麼。」

「最近我們很清閒，」馬丁・貝克說，「所以他休了不少假。之前他加了許多班，所以當然該讓他休。」

沉思的哈瑪雙眉緊皺，手指在桌緣噠噠地敲著。然後他說：「是誰通知他的未婚妻？」

「米蘭德。」柯柏說。

「我想該有人盡快去和她談談，」哈瑪說，「她一定知道史丹斯壯在幹什麼。」

他停頓一下，加上一句。「除非他……」

他沉默下來。

「除非什麼？」馬丁・貝克問。

「你的意思是，除非他和公車上那個護士在一起？」柯柏道。

哈瑪一語不發。

「或是正要去找別的女人。」柯柏說。

哈瑪點點頭。

「去查清楚。」他說。

10.

國王島街警察總局外頭站著兩個巴不得自己此時能身在別處的男子。他們穿戴著警帽和金色鈕釦的皮夾克，肩上的皮帶橫過胸前，腰間佩著手槍和警棍。這兩人是克里斯森和卡凡特。

一位衣著高雅的年長女士走向他們，問道：「對不起，葉奈街要怎麼走？」

「這位太太，我不知道。」卡凡特說。「問警察吧，那邊有一個。」

女人目瞪口呆地看著他。

「我們對這裡不熟。」克里斯森很快解釋。

他們走上台階時，那位女士還盯著他們看。

「你認為，他們找我們要幹嘛？」克里斯森焦急地問。

「當然是要聽我們的證詞啦。」卡凡特回道。「是我們發現的，不是嗎？」

「沒錯，」克里斯森說，「可是——」

「不要可是了，克勒。進電梯去。」

他們在三樓碰見柯柏。心不在焉的他陰鬱地對他們點點頭，然後打開一扇門說：「剛瓦德，蘇納來的那兩個傢伙到了。」

「叫他們等著。」辦公室裡的聲音說。

「等吧。」柯柏說完就走掉了。

他們等了二十分鐘後，卡凡特打起精神說：「這他媽的到底是要幹嘛？我們應該在休假，我答應席芙，要在她去看醫生的時候負責帶小孩的。」

「這你說過了。」克里斯森沮喪地說。

「她說她那邊有點怪怪的——」

「這你也說過了。」克里斯森喃喃道。

「這下她可能又要大發雷霆了。」卡凡特說。「我真搞不懂現在的女人。而且她看起來糟透了。夏思婷的屁股也變大了嗎？」

克里斯森沒回答。

夏思婷是他太太，他不喜歡討論她。

卡凡特似乎毫不在乎。

五分鐘後，剛瓦德・拉森打開門，簡短地說：「進來。」

他們進去，坐下。剛瓦德．拉森一臉挑剔地打量他們。

「請坐。」

「我們已經坐下了。」克里斯森愚蠢地回說。

卡凡特用不耐煩的手勢制止他。他開始察覺到麻煩來了。

剛瓦德．拉森沉默地站了一會兒。然後，他走到桌後，沉重地嘆了一口氣：「你們倆當警察多久了？」

「八年。」卡凡特說。

剛瓦德．拉森從桌上拿起一張紙，研究半天。

「你識字嗎？」他問。

「當然。」克里斯森在卡凡特來不及制止前說道。

「那就讀讀這個。」

剛瓦德．拉森把紙推過桌面。

「你知道上面寫什麼嗎？還是需要我解釋？」

克里斯森搖搖頭。

「我倒是很樂意解釋。」剛瓦德．拉森說。「這是犯罪現場的初步調查報告。上面顯示，有兩個穿著十一號鞋子的傢伙，在整輛天殺的公車上層和下層，留下總共大約一百個腳印。你認為這兩個人是誰？」

沒有回答。

「我可以進一步解釋。不久前，我跟實驗室的專家談過，他說現場看起來就像是有一群河馬在那裡晃蕩了好幾個小時。這位專家認為，一群為數只有兩名的人類，竟然能在這麼短的時間內，幾乎破壞掉所有證據，真是不可思議。」

卡凡特開始生氣了，他冷冷地瞪著桌後的人。

「既然河馬或其他動物通常不會攜帶武器到處走，」剛瓦德・拉森聲音甜得像是摻了蜜，「可見，是有人在公車裡用七點六五毫米口徑的華瑟型手槍開了一槍——確切來說，是朝前車門的台階上方射擊。你們覺得是誰開的槍？」

「我們，」克里斯森說，「其實就是我。」

「哦，真的嗎？你開槍要打什麼？」

克里斯森不高興地抓抓脖子。

「沒什麼。」他說。

「那是警告性射擊。」卡凡特說。

「警告誰？」

「我們認為兇手可能還在車上，躲在上層。」克里斯森說。

「結果有嗎？」

「沒有。」卡凡特說。

「你怎麼知道？你們在炮轟之後幹了什麼事？」

「我們上去查看。」克里斯森說。

「上面沒人。」卡凡特說。

剛瓦德．拉森瞪著他們足足半分鐘。然後，他砰一聲猛拍桌子，怒吼道：「所以你們倆都上去了！你們怎麼他媽的蠢成這個樣子？」

「我們是從不同方向上去的。」卡凡特為己方辯護。「我從後面的階梯上去，克里斯森走前面。」

「這樣，上層要是有人，才不會逃掉。」克里斯森說，試圖讓情況好轉。

「老天爺，上面根本沒人！你們只是摧毀了整輛公車上的每一個腳印！更不用說外面！你們為何要在屍體之間踩來踩去？是要讓現場更噁心嗎？」

「是想看是不是有人還活著。」克里斯森說。

他臉色發白，嚥下一口口水。

「現在可別又吐了，克勒。」卡凡特責怪他。

門打開了，馬丁・貝克走進來。克里斯森立刻起立，過一會兒，卡凡特也站起來。

馬丁・貝克對他們點點頭，疑問地望著剛瓦德・拉森。

「是你在大吼大叫嗎？吼這兩個小子沒什麼幫助吧。」

「有幫助，」剛瓦德・拉森反唇相譏，「這會有建設性。」

「建設性？」

「正是。這兩個白痴……」

他停頓下來，修正自己的措詞。

「這兩位同僚是我們唯一的證人。聽好了，你們兩個！你們是在何時到達現場的？」

「十一點十三分，」卡凡特說，「我有看錶。」

「而我當時則坐在現在這個地方。」剛瓦德・拉森說。「我在十一點十八分接到電話。如果我寬鬆一點，說你們搞無線電搞了半分鐘，而無線電管制中心花了十五秒聯絡我，那還剩下四分多鐘。這段時間你們在幹什麼？」

「這個嘛……」卡凡特說。

「你們像吃了毒鼠藥的老鼠一樣，四處亂竄，踩在別人的血和腦漿上，移動屍體，天知道還做了什麼。整整四分鐘。」

「我實在看不出這有什麼建——」

馬丁．貝克才剛開口，但剛瓦德．拉森打斷他。

「等一下。先不提這些智障花了四分鐘在摧毀現場證據，他們的確在十一點十三分抵達現場。而且他們不是自願前去的，是有個人發現了公車，然後告訴他們。對不對？」

「對。」卡凡特說。

「那個蹓狗的傢伙。」克里斯森說。

「正是。這個人來報警，但他們甚至沒問人家的名字。要不是這個人今天自動出現，我們可能永遠找不到他。你們最初看見這個蹓狗的人是什麼時候？」

「這個嘛……」卡凡特說。

「大概在我們過去公車那邊的前兩分鐘。」克里斯森低頭望著靴子。

「正是。因為根據這人的證詞，你們倆浪費了至少一分鐘坐在車裡，無禮地對他吼叫，吼些狗呀什麼的。我有說錯嗎？」

「沒有。」克里斯森喃喃道。

「因此，你們接到消息，大約是在十一點十分或十一分。這人攔下你們的時候，你們距離公車有多遠？」

「大約三百碼。」卡凡特說。

「沒錯，沒錯。」剛瓦德・拉森說。「由於這位先生已經七十歲了，還拖著一隻生病的臘腸狗……」

「生病？」卡凡特驚訝地說。

「正是，」剛瓦德・拉森回道，「那隻天殺的狗椎間盤移位，後腿幾乎不能動。」

「我終於開始明白你的意思了。」馬丁・貝克說。

「嗯。今天我讓這位先生循原路走了一遍，同樣帶著他的狗。我讓他走了三趟，狗就不行了。」

「你這是虐待動物。」卡凡特義憤地說。

馬丁・貝克驚訝且充滿興味地看了他一眼。

「任何情況下，這對人狗搭檔都無法在三分鐘之內走完這段路，無論怎麼趕都不行。也就是說，這位先生最遲一定是在十一點七分看見公車。因此，我們幾乎能確定屠殺發生在那之前的三到四分鐘。」

「你怎麼知道？」克里斯森和卡凡特異口同聲。

「干你們屁事。」剛瓦德．拉森反駁。

「因為史丹斯壯巡佐的錶。」馬丁．貝克說。「一顆子彈打穿他胸口，停在右手腕上，打斷了他的歐米茄計時碼錶的錶芯，專家說，錶在這一刻就停了。錶上的指針顯示是十一點三分三十七秒。」

剛瓦德．拉森怒視著他。

「我們了解史丹斯壯巡佐，他非常講究時間精準。」馬丁．貝克哀傷地說。「鐘錶商叫這種人為『分秒必爭』型，也就是說，他的錶永遠都是分秒不差。繼續吧，剛瓦德。」

「蹓狗的先生從卡爾堡路的方向沿著北丘路走。事實上，在路口時，公車曾駛過他身邊。他在北丘路上走了五分鐘，這段路公車大概只花了四十五秒。他在路上沒碰到任何人。當他走到轉角時，就看見公車停在街道對面。」

「那又怎樣。」卡凡特說。

「閉嘴。」剛瓦德．拉森說。

卡凡特猛然動了一下，張開嘴，但瞥了馬丁．貝克一眼後便把嘴閉上。

「他沒有看見車窗玻璃破了，而這兩位天兵天將慢慢爬到現場時也沒注意到。但這位先生看見前門是打開的。他以為車子出了意外，所以立刻去求援。他判斷，與其爬上北丘路的坡道回去，不如走到下一站比較快。的確沒錯，所以他就沿著站前北路，朝西南方向走。」

「為什麼？」馬丁・貝克問。

「因為他以為終點站會有另一輛公車。但事實上沒有。不幸的是，他碰上了警察的巡邏車。」

剛瓦德・拉森瓷藍色的雙眼裡充滿殺氣，瞥向克里斯森和卡凡特。

「一輛巡邏車從他們的管區蘇納爬出來，就像你翻動石頭，會從底下爬出來的東西。你們兩個花了多少時間停在市區界線上，坐在車裡讓引擎空轉？」

「三分鐘。」卡凡特說。

「比較像是四、五分鐘吧。」克里斯森說。

卡凡特凶惡地瞪了他一眼。

「你們有看見其他人從那個方向過來嗎？」

「沒有，」克里斯森說，「只有那個蹓狗的人。」

「這就證明兇手沒有沿著站前北路從西南方向逃走，也不是往北走北丘路。如果我們假設他沒有翻越鐵絲網進入堆棧場，那就只剩下唯一的可能——站前北路的反方向。」

「你……我們怎麼知道他沒進公車停車場？」克里斯森問。

「因為你們兩個唯一沒踩亂的地方就是那裡。你們也忘記要翻越鐵絲網到另外一邊去亂搞。」

「好了，剛瓦德，你已經說得很清楚了。」馬丁．貝克說。「很好。通常警方總要花不少時間才開始行動。」

這句話讓克里斯森和卡凡特鼓起勇氣，交換了安心和會心的眼神。但剛瓦德．拉森吼道：「如果你們倆有點腦子，就該上車去追兇手，將人逮捕。」

「或者一起被他宰掉。」克里斯森悲觀地回嘴。

「等我去逮那王八蛋，絕對會拿你們倆當擋箭牌。」剛瓦德．拉森野蠻地說。

卡凡特偷瞄了牆上的鐘一眼，說道：「我們可以走了嗎？我老婆——」

「可以，」剛瓦德．拉森說，「你們可以直直走到地獄去！」

他避開馬丁．貝克譴責的目光。「他們為什麼不用點腦筋？」

「有些人就是需要比別人更久的時間來培養思路，」馬丁．貝克和藹地說，「不是只有警探需要。」

11.

「現在我們可得好好想想。」剛瓦德・拉森甩上門，迅速地說。「三點整要向哈瑪簡報，也就是十分鐘後。」

馬丁・貝克正坐著聽電話，慍怒地看了他一眼。柯柏從文件堆中抬起頭，陰沉地喃喃道：「講得好像我們不知道似的。你自己試著餓肚子用腦筋，看看是有多容易。」

挨餓工作是少數幾項會讓柯柏情緒惡劣的事情。他至今已經至少有三頓飯沒吃了，心情因此特別糟糕。更有甚者，他覺得從剛瓦德・拉森滿足的表情看得出來，這傢伙剛剛才出去吃了東西。這個念頭並沒有讓他好過一點。

「你跑哪兒去了？」他懷疑地問。

剛瓦德・拉森沒有回答。柯柏看著他走過去，坐在桌後。

馬丁・貝克放下電話。

「你在不爽什麼？」他說。

然後他站起來，拿起資料走向柯柏。

「這是實驗室送來的，」他說，「他們清點出六十八個彈殼。」

「什麼口徑？」柯柏問。

「跟我們想的一樣，九毫米。沒有證據顯示其中六十七個不是來自同一把武器。」

「那第六十八個呢？」

「七點六五華瑟型。」

「那個克里斯森朝天花板開的一槍。」柯柏道。

「是的。」

「這就表示兇手可能只有一人。」剛瓦德・拉森說。

「對。」馬丁・貝克說。

他走到草圖前面，在最寬的中間車門處畫了一個X。

「沒錯，」柯柏說，「他一定是站在那裡。」

「這就解釋了……」

「什麼？」剛瓦德・拉森問。

馬丁・貝克沒有回答。

「你剛才要說什麼？」柯柏問，「『這就解釋了……』？」

「為什麼史丹斯壯沒有時間開槍。」馬丁．貝克說。

其他人驚訝地望著他。

「嗯哼。」剛瓦德．拉森說。

「對，對，你們兩個都沒錯——」馬丁．貝克遲疑地說，右手拇指和食指揉按著鼻根。

哈瑪打開門走了進來，伊克和一個檢察官辦公室來的人跟在後面。

「重建犯案現場。」他突兀地說。「所有電話都不接。你們準備好了嗎？」

馬丁．貝克哀傷地望著他。史丹斯壯進房間的習慣也是這樣，總是出奇不意，而且從不敲門，幾乎從不。這令人非常惱怒。

「你拿著什麼？」剛瓦德．拉森問。「晚報？」

「是的，」哈瑪回答，「還真是非常振奮人心。」

他揚著手中的報紙，瞪了他們一眼。標題是斗大的黑字，但報導卻沒什麼內容。

「我引述報上的話，」哈瑪說，「『「這是本世紀最大的謀殺案」，斯德哥爾摩凶殺組的刑事調查人員剛瓦德．拉森這麼說。他還說：「我這輩子沒看過這麼淒慘的景象！！」』，後面加了兩個驚嘆號。」

剛瓦德・拉森重重地跌坐椅子上，皺起眉頭。

「你還有個伴呢。」哈瑪說。「司法部長也超越了他以前的表現。『這股枉顧法律的風氣和犯罪心態必須阻止。警方已投入所有人力物力資源，將盡快逮捕犯人到案。』」

哈瑪舉目四顧，說道：「原來這些就是我們的資源。」

馬丁・貝克擤著鼻涕。

「『全國最優秀的犯罪專家已經有超過百人直接參與調查。』」哈瑪繼續唸，「『這是本國犯罪史上最大的偵查團隊。』」

柯柏嘆了口氣，搔搔頭。

「政客。」哈瑪喃喃自語。

他把報紙扔到桌上。「米蘭德在哪裡？」

「正在跟心理學家諮商。」柯柏說。

「隆恩呢？」

「在醫院。」

「醫院那邊有任何消息嗎？」

馬丁・貝克搖頭。

「他們還在動手術。」他說。

「好吧，」哈瑪說，「重建現場。」

柯柏翻閱手上的文件。

「公車在十點鐘左右離開拜曼斯洛大宅。」他說。

「左右？」

「是的。所有的公車班次時間全被濱海大道上的示威搞亂了。車子因為交通阻塞或者警方封鎖，動彈不得。由於脫班嚴重，司機都得到指示，不要管發車時間，到了終點站就直接開回去。」

「用無線電通知的嗎？」

「對。這項指示在九點過後不久，就已經透過斯德哥爾摩交通局的頻道，通知了四十七路公車的司機。」

「繼續。」

「我們假設這輛公車在部分路段也有其他乘客搭乘。不過，目前還沒找到這樣的證人。」

「他們會出現的。」哈瑪說。

他指著報紙，加上一句，「在看見這份報導之後。」

「史丹斯壯的錶停在十一點零三分三十七秒，」柯柏語調毫無表情地繼續，「有理由假設槍擊就發生在那時。」

「第一槍還是最後一槍？」哈瑪問。

「第一槍。」馬丁・貝克說。

他轉向牆上的草圖，右手食指放在方才所畫的X上。

「我們假設槍手就站在這裡，」他說，「在下車門的前面。」

「這個假設是基於什麼？」

「彈道分析。子彈的彈殼和屍體位置之間的關係。」

「好。繼續。」

「我們也假設兇手掃射了三次。第一輪從左到右，所有坐在公車前面的人都被擊中——也就是草圖上的一、二、三、八和九號。一號是司機，二號是史丹斯壯。」

「然後呢？」

「然後他轉身，可能是朝右轉，對公車後面的四個人又掃了一輪，也是從左到右，打死了五、六和七號，四號舒利則受了重傷。舒利仰天躺在走道後端。我們認為，這表示他原本是坐在左邊縱向的座位上，他有時間站起來，因此應該是最後被打中的。」

「第三輪呢？」

「朝前方掃射，」馬丁．貝克說，「這次是從右到左。」

「武器一定是衝鋒槍？」

「對，」柯柏說，「非常可能。如果那是典型的軍用槍——」

「等等，」哈瑪打斷他，「這花了多久時間？往前射擊，往右掃射，向後射擊，槍口再度朝前，把彈匣裡的子彈打光？」

「我們還不知道他用的是何種武器——」柯柏開口，但剛瓦德．拉森打斷了他。

「大約十秒。」

「他是怎麼離開公車的？」哈瑪問。

馬丁．貝克朝伊克點點頭說：

「該你了。」

伊克用手耙過銀髮，清清喉嚨。「後方車門是打開的，兇手極有可能是從那裡下車。為了打開後車門，他得先往前走到司機旁邊，伸手越過司機，拉動開關。」

他拿出眼鏡用手帕擦亮，再走到牆邊。

「我放大了兩張說明書上的圖，」他說，「一張是儀表板，另一張是前門的操縱桿。第一張圖上顯示，車門線路的開關是十五號，而門的操縱桿是十八號。操縱桿位於方向盤左邊、側窗前方下面不明顯的地方。而從第二張圖上可以看出來，操縱桿本身可以移到五個不同的位置。」

「這種玩意兒誰搞得清楚？」剛瓦德・拉森說。

「第一個位置，也就是水平位置，兩個車門都關閉。」伊克不為所動地繼續說。「第二個位置，也就是往上一格，後方的上車門會打開。第三個位置，也就是往上兩格，兩個車門都會打開。操縱桿往下還有兩種位置，第四和第五個位置。第四位置前方上車門會打開，第五位置兩個車門都會打開。」

「做總結。」哈瑪說。

「總而言之，」伊克說，「兇手一定是從下車門前直接沿走道走到駕駛座。他彎身越過趴在方向盤上的司機，把操縱桿移到第二個位置，也就是說，警方巡邏車到達時還開著的那個門。」

馬丁・貝克立刻跟上這條線索。

「事實上，有跡象顯示，最後一輪子彈是在槍手沿著走道前進時擊發的，亦即往左掃射。其中似乎有一顆子彈擊中史丹斯壯。」

「根本就是壕溝戰策略。」剛瓦德・拉森說。

「剛才剛瓦德發表了非常中肯的意見，」哈瑪諷刺道，「表示他根本什麼都不懂。這一切都顯示兇手很了解公車，知道儀表板如何操作。」

「至少知道操縱桿怎麼用。」伊克堅持道。

房中一片沉寂。哈瑪皺起眉頭。最後他說：

「你們是說，有個人突然站在公車中央，開槍打死所有人，然後揚長而去？沒人有時間反應？司機沒從鏡子裡看見任何動靜？」

「不是，」柯柏說，「並不盡然。」

「那你們是什麼意思？」

「有人從公車上層走後面的樓梯下來，手上拿了衝鋒槍。」馬丁・貝克說。

「某個獨自坐在上層的人，」柯柏說，「某個在等待最佳時機的人。」

「司機如何知道上層有沒有人？」哈瑪問。

他們全都期待地望著伊克，後者再度清清喉嚨。「階梯上有光電管感應器，會把訊號傳送到儀表板上的計數器。每次有乘客走上前面的階梯，計數器就會加一，這樣司機就可以隨時知道上層有多少人。」

「發現公車時，計數器顯示的是零？」

「對。」

哈瑪沉默了幾秒。然後他說：「不對，這根本說不通。」

「什麼說不通？」馬丁・貝克問。

「這個現場重建。」

「為什麼？」柯柏道。

「似乎計劃得太周詳了。幹下集體謀殺案的瘋子不可能這麼仔細地事先想好所有步驟。」

「哦，這我可不確定。」剛瓦德・拉森說。「去年夏天美國的那個瘋子從一棟鐘樓上射殺了三十幾個人，他可仔細計劃過喔，連吃的東西都帶了呢。」

「的確，」哈瑪說，「但他有一點沒算計到。」

「什麼？」

回答的人是馬丁・貝克。「要如何逃走。」

12.

七個小時後，時間是晚上十點，馬丁・貝克和柯柏仍在國王島路的警察總局。

外面天色已黑，雨也停了。

沒有發生任何值得一提的事；官方說法就是「調查狀況並無改變」。

那位在御林軍醫院瀕臨生死邊界的生還者仍舊性命垂危。

一整個下午有二十位好心協助的證人現身。後來發現，其中十九位搭的其實是別班公車。

剩下的唯一證人是個十八歲的女孩。她在新橋廣場上車，坐了三站，而後在賽耶市場轉乘地鐵。她說當時有幾個乘客也一起下車。這情形是很有可能的。她盡力認出了司機，但僅此而已。

柯柏焦躁不安地走來走去，不停瞥向門口，彷彿預期會有人打開門衝進來。

馬丁・貝克站在牆面上的幾張圖前。他雙手交握在背後，緩緩地前後搖晃身體，這是他多年前在當巡邏警員時養成的壞習慣，一直改不掉。

他們把西裝外套掛在椅背上，捲起袖子。柯柏的領帶扔在桌上，雖然房裡不怎麼暖和，但他臉上和腋下卻都在出汗。馬丁・貝克猛咳了好長一陣子，然後若有所思地摸著下巴，繼續研究草圖。

柯柏停下腳步，挑剔地望著他：「你的聲音聽起來糟透了。」

「你越來越像我老婆。」

就在此時，哈瑪開門走了進來。

「拉森和米蘭德呢？」

「回家了。」

「隆恩呢？」

「在醫院。」

「對喔，當然。有消息嗎？」

柯柏搖頭。

「你們明天就戰力充沛了。」

「戰力充沛？」

「支援人手，從別處調來的。」哈瑪稍微停頓一下，曖昧地加上一句：「他們認為有這個必要。」

馬丁·貝克小心翼翼地擤鼻涕。

「是誰？」柯柏問。「還是該說，是些什麼人？」

「一個叫做梅森的明天會從馬爾摩上來。你們認識他嗎？」

「我見過。」馬丁·貝克毫不帶勁地回答。

「我也見過。」柯柏說。

「他們還設法把甘納·艾柏格從莫塔拉調來。」

「他還好啦。」柯柏焦躁地說。

「我只知道這些，」哈瑪說，「還有人會從蘇斯法過來，但不知道是誰。」

「哦。」馬丁·貝克說。

「當然，除非你們在明天之前就破案了。」哈瑪陰鬱地說。

「當然當然。」柯柏附和。

「各種事實似乎指向……」

哈瑪停下來，仔細地望著馬丁·貝克。

「你怎麼了？」

「感冒。」

哈瑪仍舊盯著馬丁瞧。柯柏順著他的目光，試圖轉移他的注意力，說道：「我們只知道昨晚有人在公車上開槍掃射了九個人。這人遵照國際集體謀殺案的一般慣例，沒有留下任何線索，也沒被逮捕。當然，他有可能已經自殺了，但就算這樣，我們也不知道。我們目前有兩條確實的線索——子彈和彈殼，我們可以依此找出武器。還有就是人在醫院裡的倖存者，他有可能清醒過來，告訴我們是誰開的槍；他坐在公車後面，一定看見了兇手。」

「嗯哼。」哈瑪咕噥一聲。

「線索的確不多，」柯柏說，「尤其這位舒利老兄要是死掉，或是失去記憶的話——他的傷勢畢竟很嚴重。我們不知道兇手的動機，也沒有任何有用的證人。」

「還可能會有其他證人出現，」哈瑪說，「動機也不成問題。幹下集體謀殺的兇手都是心理變態，他們行動的理由通常都有病理學成因。」

「哦，」柯柏說，「米蘭德正在調查科學方面的相關證據。我想他很快就可以準備好一份備忘錄。」

「我們最大的機會……」哈瑪望著時鐘。

「就是內部調查。」柯柏替他說完。

「正是。十次裡面有九次都是這樣找到兇手的。沒事別在這裡耗太久，最好先休息，明天再說。晚安。」

哈瑪離開了。房內一片沉寂。幾秒鐘後柯柏嘆了口氣：「你是哪根筋不對？」

馬丁・貝克沒有回答。

「史丹斯壯？」

柯柏自顧自地點頭，充滿哲學意味地說：「想想看，這些年來，我對這小子也真是夠凶的。然後，他就這麼自個兒去給人幹掉了。」

「這個梅森，」馬丁・貝克說，「你記得他嗎？」

柯柏點頭。

「老是叼著牙籤的傢伙。我才不信把有空的人全叫過來支援會有什麼屁用。他們應該讓我們自己處理，這樣比較好——就你、我和米蘭德。」

「唉，艾柏格至少還可以。」

「當然。」柯柏回道。「可是，過去這十年來，他在莫塔拉辦過幾件謀殺案？」

「一件。」

「這就對了。此外，我也討厭哈瑪那種高高在上對我們說些陳腔濫調的壞習慣。『心理變態』、『病理學的成因』、『戰力充沛』，噁。」

另一陣沉默。然後，馬丁・貝克望著柯柏說：「所以呢？」

「所以什麼？」

「史丹斯壯在那輛公車上幹什麼？」

「就是這點，」柯柏說，「他到底在那裡幹嘛？或許是因為那女孩吧，那個護士。」

「如果是跟女人約會，他會帶槍嗎？」

「或許吧，這樣看起來有男子氣概。」

「他不是那種人，」馬丁・貝克說，「你跟我一樣清楚。」

「好吧。無論如何，他常帶著槍，比你還常得多，比起我來更常。」

「對，在他執勤的時候。」

「我只在他執勤的時候見過他。」柯柏冷冷地說。

「我也是。但他是公車上第一批死者也是事實。即使如此，他卻有時間解開外套的兩顆鈕釦和掏出手槍。」

「也就是說，他外套上的鈕釦本來就沒扣。」柯柏沉思道。「還有一件事。」

「什麼？」

「哈瑪在今天重建現場時說的。」

「是啊，」馬丁．貝克喃喃道，「他是這麼說的：『這根本說不通。幹下集體謀殺案的瘋子不可能這麼仔細地事先想好所有步驟。』」

「你覺得他說中了嗎？」

「原則上沒錯。」

「也就是說……」

「開槍者並非精神有問題的集體謀殺犯；或者說，他不是為了驚世駭俗而犯案。」

柯柏用折起的手帕擦拭額頭上的汗水，然後看著手帕沉思著說：「拉森先生說——」

「剛瓦德嗎？」

「就是他，沒別人。在回家噴香他的胳肢窩之前，他還以絕頂的睿智說他完全搞不懂。比方說，這個瘋子為什麼沒當場自殺，或是留下來讓我們逮住他。」

「我想你太低估剛瓦德了。」馬丁．貝克說。

「你這麼認為嗎？」

柯柏惱怒地聳聳肩。

「哎，這簡直荒唐透頂。兇手當然是個集體殺人犯，而且一定瘋了。他現在甚至可能正坐在家裡看電視，享受自己製造的成果。要不然，他也可能自殺身亡了。史丹斯壯帶著槍根本無關緊要，因為我們不知道他的習慣。他可能是跟那護士在一起，要不然也可能正要去找樂子或找朋友什麼的。他甚至可能跟女友吵了架，或是被他媽罵了，坐在公車上生悶氣，因為電影院已經關門了，而他沒地方可去。」

「至少這點我們可以查出來。」馬丁・貝克說。

「是的，等明天。但我們現在還有一件事可做，搶在其他人之前。」

「去搜他在瓦斯貝加的辦公桌。」馬丁・貝克說。

「你的推理能力令人佩服。」柯柏表示。

他把領帶塞進褲袋裡，開始穿上大衣。

•

空氣濕冷，霧氣瀰漫，夜霜像一襲屍衣，覆蓋在樹木、街道和屋頂上。柯柏看不清楚擋風玻璃外的情況，車子在彎道上打滑時他喃喃咒罵著。他們在前往南區警局的路上只交談了一次。

「集體殺人犯通常都有遺傳性的犯罪傾向嗎？」柯柏想知道。

馬丁・貝克回答：「通常如此，但不能一概而論。」

瓦斯貝加的警察局杳無人跡，一片死寂。他們走過前廳，上了樓，在三樓玻璃門旁的圓形裝置上輸入密碼，走進史丹斯壯的辦公室。

柯柏遲疑了一下，然後在桌前坐下，試著拉開抽屜。抽屜沒有上鎖。

這間辦公室井然有序，沒有私人的氛圍。史丹斯壯的桌上甚至連一張未婚妻的相片都沒有。然而文具盤裡卻有兩張他自己的照片。馬丁・貝克知道為什麼。幾年來，史丹斯壯第一次走運，能在耶誕節和新年期間休假。他已經訂好機位要去加納利群島。拍照是因為新護照需要。走運。

馬丁・貝克看著照片思忖著。照片是不久前才拍的，比晚報頭版上的那張好看多了。

史丹斯壯看起來比實際年齡二十九歲還年輕。他的表情開朗坦誠，深棕色的頭髮往後梳。照片上頭髮看起來跟平常一樣不聽話。

起先一些同事，包括柯柏在內，都覺得他天真平凡；柯柏冷嘲熱諷和常常對人頤指氣使的態度一向讓人如坐針氈。但那已經是過去式了。馬丁・貝克記得，早先他們都還在克里斯丁堡的舊警局時，他曾和柯柏討論過這件事。那時他說：「你為何老是為難這小子？」

柯柏回道：「因為我要戳破他偽裝的自信，給他機會重新建立信心，幫助他成為一個好警察，教他進房間要先敲門。」

柯柏說的或許沒錯。無論如何，年復一年，史丹斯壯的確有所長進，雖然他始終沒學會進房前要先敲門，不過卻成為一個好警察，能幹、努力，有一定程度的領悟力。從外表來看，他似乎是警方的裝飾品：討人喜歡的長相、態度可親、身強體壯，還是個好運動員。他幾乎可以用來充做警界招募新人的廣告，光是這點就比其他人高明多了——比方說柯柏，柯柏傲慢自大，渾身軟肉，而且容易發胖；或是苦行僧似的米蘭德，他的外表絕對不會推翻「最無趣的人通常是最好的警察」這個假設；或是各方面都一樣平凡的紅鼻子隆恩；或是剛瓦德・拉森，他巨人般的身材和銳利的眼神能把任何人嚇得魂不附體，而且他還以此自滿。

或者是他自己，成天鼻子不通的馬丁・貝克。他昨晚才照過鏡子，只看見一個面容消瘦、高大邪惡的身影，有著寬寬的前額，多肉的下巴和哀傷的灰藍眼睛。

除此之外，史丹斯壯還有某些對他們非常有用的特殊才能。

馬丁・貝克一面想著這些事情，一面打量著柯柏一一從抽屜取出、擺在桌上的物品。

現在，他開始冷酷地評估這個叫做歐格・史丹斯壯的男人。不久前，哈瑪在國王島街的辦公室裡對他口出陳腔濫調之際，那時幾乎快擊垮他的情緒，如今已不復存在了；那一刻已成為過去，而且永不復返。

自從史丹斯壯把帽子掛在帽架上，把制服賣給過去警校的老同學之後，就一直在馬丁・貝克手下工作。首先是在克里斯丁堡，然後是國家刑事小組，這個單位隸屬於市警署，主要任務有點像是救難隊，意在減輕外省地區警察的沉重負擔。

稍後在一九六四年末到六五年初，所有警力都國有化，於是他們就搬到了瓦斯貝加這裡。這些年間，柯柏接受過不少任務，米蘭德則自己要求調任，但是史丹斯壯一直沒有變動。馬丁·貝克認識他五年多了，他們一起參與過無數調查案。在這段時間裡，史丹斯壯學到馬丁對實際警務工作所知的一切，這份收穫不可謂不多。同時，他也變成熟了，克服了大部分的遲疑和羞赧性格，搬出老家，繼而和想共度一生的女友同居。在他們同居前不久，史丹斯壯的父親去世了，母親則搬回費斯瑪蘭。

因此，馬丁·貝克對他的了解應該不僅於泛泛之交而已。

奇怪的是，馬丁知道的卻不多。照理來說，這個人的所有重要資料他都知道，也對史丹斯壯身為警察的長處和短處有一點概念，然而除此之外幾乎就沒有了。

一個好人。上進、不屈不撓、聰明、願意學習。然而在另一方面頗為害羞、仍有點孩子氣、缺乏機智、整體說來不太有幽默感。但是誰又真有幽默感了？

或許他有某種情結。

因為柯柏；柯柏非常擅於複雜的詭辯，引經據典的功力無人能及。因為剛瓦德·拉森；剛瓦德曾在十五秒內踢開一道上鎖的門，把瘋狂的斧頭殺人狂打昏，而史丹斯壯則是站在兩碼外不知所措。因為米蘭德；米蘭德喜怒不形於色，對任何人事物有過目不忘的本領。

有這樣的同事存在，誰不會產生某種心理癥結？

他知道的為何這麼少？因為觀察力不夠？還是因為史丹斯壯是個乏善可陳的人？

馬丁・貝克用指尖按摩著頭皮，研究柯柏攤在桌上的東西。

史丹斯壯有某種迂腐的特質。比方說，他的錶一定要精準到分秒不差，這種特色也反映在他整潔的桌面和抽屜上。

文件、文件、更多的文件；報告的副本、筆記、開庭記錄、油印的說明書和翻印的法律條文，全都整理得井然有序。

最私人的東西是一盒火柴和一包沒打開的口香糖。由於史丹斯壯既不抽菸，也沒嚼口香糖的習慣，這些東西可能是他打算提供給偵訊對象，或是讓來聊天的人使用的。

柯柏深深嘆了一口氣，「如果坐在公車上的是我，現在就是你和史丹斯壯在翻我的抽屜了。那樣的話，你碰到的麻煩可就多了。你們可能會發現有辱我形象的東西。」

馬丁・貝克可以想像柯柏的抽屜是啥模樣，但忍著沒說話。

「這不會有辱任何人的形象。」柯柏說。

馬丁．貝克仍舊沒有答話。他們沉默而快速地翻閱所有文件。沒有任何一份資料是看不出所以然、或是不該在這裡出現的文件。所有記錄和報告都與史丹斯壯偵辦過的案子有關，所有的資訊他們全都知道。

終於剩下最後一件東西。是一個四開大小的棕色紙袋，封了口，而且很厚。

「你認為這會是什麼？」柯柏說。

「打開來看。」

柯柏翻轉紙袋。

「他似乎非常謹慎，封得很嚴密。你看，這麼多層膠帶。」

他聳聳肩，從文具匣裡拿裁紙刀堅決地把紙袋割開。

「嗯，」柯柏說，「我不知道史丹斯壯喜歡拍照。」

他瞥向紙袋裡的照片，接著把照片攤在面前。

「我絕對想不到他有這種興趣。」

「那是他的未婚妻。」馬丁．貝克的語氣毫無抑揚頓挫。

「即便如此，我還是作夢也想不到他竟然有這麼驚人的嗜好。」

馬丁．貝克帶著不愉快的感覺，盡責地望著照片。每次被迫要侵犯他人隱私時，總會有這種感受。在當了二十三年警察之後，他還是沒能學會控制這種不由自主的反應。

柯柏沒有這種顧忌；更有甚者，他是個色鬼。

「老天，她還真是辣。」他誇張地讚嘆。

他繼續研究照片。

「她還會倒立。沒想到她看起來會像這副模樣。」

「可是你以前見過她。」

「那時候她有穿衣服。這完全不同。」

柯柏說得沒錯，但馬丁·貝克寧願不再討論下去。

他唯一的評語是：「明天你會再見到她。」

「是的，」柯柏回答，「但我並不期待。」

他將照片收妥，放回紙袋，然後說：「我們最好打道回府。我送你。」

他們關燈離開辦公室。在車上，馬丁·貝克說：「對了，昨晚你怎麼會去站前北路？我打去你家時，葛恩還不知道你在哪裡；等我抵達現場，你早就到了。」

「完全是碰巧。你上車之後我就朝市中心走，在稜堡關橋上有一輛巡邏車經過，車上那兩個傢伙認識我。他們剛接到無線電通報，於是我就搭上便車。我是第一批到達現場的人。」

他們沉默了許久。接著，柯柏語氣困惑地說：「你覺得他拿那些照片要做什麼？」

「拿來看吧。」馬丁．貝克答道。

「那當然，但這還是……」

13

馬丁·貝克週三早上離家前先打了電話給柯柏。他們的對話簡短扼要。

「我是柯柏。」

「嗨，我是馬丁。我現在要出門了。」

「OK。」

當地鐵列車在史卡瑪布林站進站時，柯柏已經在月台上候車。他們習慣搭最後一節車廂，這樣就算沒有事先相約，有時也能一起進城。

他們在市民廣場下車，走到福古加街。這時是九點二十分，稀薄的陽光從灰色的天空濾透而下。他們立起大衣領子，抵禦凜冽寒風，開始沿著福古加街朝東走。

他們轉過街角來到東哥特街，這時柯柏說：「你有聽說那個倖存者的情況如何嗎？那個叫舒利的？」

「我早上打去醫院問過。手術還算成功，至少他還活著，但還是昏迷不醒。在人醒來前，醫生無法下任何判斷。」

「他會醒來嗎？」

馬丁・貝克聳聳肩。

「他們不知道。我當然希望他會。」

「不曉得媒體多久後就會發現他的事。」

「御林軍醫院保證不會走漏風聲。」馬丁・貝克說。

「話是沒錯，但你也知道那些記者是什麼德性，就跟水蛭沒兩樣。」

他們轉到柴豪夫路，走到十八號。

門口的住戶名牌上標示的名字是「托瑞爾」，但三樓門牌上夾了一張白色卡片，上面以墨水繪圖筆寫著「歐格・史丹斯壯」。

前來應門的女孩身形嬌小，馬丁・貝克直覺地估算她的身高約是五呎三吋。

「請進，脫下外套。」她在他們身後關上大門。

這嗓音低沉，相當沙啞。

烏莎・托瑞爾穿著窄管黑色長褲，矢車菊藍色的羅紋開領毛衣，腳上厚厚的灰色滑雪襪大了好幾號，那應該是史丹斯壯的襪子。她眼睛是棕色的，深色的頭髮剪得非常短，臉型有稜有角，既不能說是甜美，也稱不上漂亮，只能說很有特色。她體態輕盈，肩膀和臀部都很纖瘦，胸部也小。

她靜靜站著，馬丁・貝克和柯柏將帽子掛在帽架上史丹斯壯的舊帽子旁，脫下大衣。接著，她領路走進屋內。

有兩扇面街窗戶的客廳氣氛溫馨愉快。一面牆立著一座巨大的書櫃，書櫃兩邊有雕刻，還有頂飾。除了書櫃和一張高背扶手皮椅之外，其他家具看起來都很新。一張鮮紅色的傳統斯堪地那維亞長毛地毯蓋住大部分的地板，羊毛薄窗簾也是同樣的紅色。

房間呈不規則狀，離門口最遠的角落連接著短短的走道，通往廚房。透過走道上一扇敞開的門，能望見其他房間。廚房和臥室面對後面的中庭。

烏莎・托瑞爾坐在皮革扶手椅上，腳縮在身體下。她指向兩張狩獵椅，馬丁・貝克和柯柏坐了下來。他們和她之間的矮桌上有一只菸灰缸，裡面的菸蒂已經滿出來了。

「希望你了解，我們很抱歉得來打擾你，」馬丁・貝克說，「但我們必須盡快和你談談，這非常重要。」

烏莎・托瑞爾沒有立刻答話。她拿起擱在菸灰缸旁仍燃著火的菸，深吸一口。她的手似乎隨時會開始抖顫，眼睛底下有黑眼圈。

「我當然了解，」她說，「你們來了也好。我一直坐在這椅子上，已經……從我得知……我就一直坐在這兒，試著告訴自己這是真的。」

「托瑞爾小姐，」柯柏說，「你沒有任何親友可以過來陪你嗎？」

她搖頭。

「沒有。反正我也不要任何人來。」

「令尊令堂呢？」

她又搖頭。

「媽去年過世。我爸二十年前也死了。」

馬丁・貝克傾身向前，仔細地打量她。

「你有睡過覺嗎？」他問。

「我不知道。昨天過來的人給了我一些藥，所以我大概睡了一下吧。無所謂，我沒事的。」

她捻熄菸頭，垂眼喃喃說道：「只是我得想辦法習慣他已經死了。可能要花點時間。」

馬丁・貝克和柯柏都不知道該說什麼才好。馬丁・貝克突然注意到屋內很悶，充滿菸霧。沉重的靜默壓著他們三人。最後，柯柏清清喉嚨，嚴肅地說：「托瑞爾小姐，你介意我們問你一些史丹斯——歐格的事情嗎？」

烏莎．托瑞爾慢慢抬眼，眸中突然閃耀光芒。她微笑起來。

「你該不會是要我稱呼你們貝克督察和柯柏偵查員吧？那麼就請叫我烏莎就好，因為我想叫你們馬丁和萊納。你看，某方面來說，我算還滿認識你們倆的。」她淘氣地望著兩人，又加上一句。「當然是透過歐格。我們在一起很久了，已經同居好幾年。」

柯柏和貝克先生，你們是殯葬業者啊？馬丁．貝克自忖，振作點，這女孩沒事的。

「我們也聽說過你的事。」柯柏用輕鬆一點的語調說。

烏莎起身去打開窗子，接著把菸灰缸拿進廚房。她的微笑不再，表情變得僵硬。她拿著新的菸灰缸回來，再度縮回椅子上。

「可以告訴我到底發生什麼事嗎？」她說，「昨天沒人告訴我細節，我不想看報紙。」

馬丁．貝克點起一根菸。

「好。」他說。

她動也不動地坐著。他重述昨夜命案可能的發生經過，只省略某些細節。她目不轉睛地望著他。烏莎在他說完後問：「歐格要去哪裡？他為什麼會搭那班公車？」

柯柏瞥了馬丁．貝克一眼：「我們正希望你能告訴我們。」

烏莎．托瑞爾搖頭。

「我不知道。」

「你知道他當天稍早在幹什麼嗎？」馬丁・貝克問。

她驚訝地看著他。

「你們不知道嗎？他整天都在工作。你們應該知道他在做什麼吧？」

馬丁・貝克遲疑了一會兒。接著，他說：「我最後一次看見他是上週五。他上午進了一下辦公室。」

她站起來踱步。隨後猛然轉身。

「可是他週六和週一也都在上班。我們週一早上還一起出門。難道你們週一沒見到歐格？」

她盯著柯柏，他搖頭。

「他說是要去瓦斯貝加嗎？還是國王島街？」柯柏問。

烏莎想了一下。

「沒，他沒說要去哪兒。他一定是在城裡辦別的案子，八成是這樣。」

「他說週六也上班？」馬丁・貝克問。

她點頭。

「對，但不是全天。我們那天早上一起出門，我一點下班後就直接回家，歐格不久後也回來，他去採買日常用品。他週日沒事，我們整天都在一起。」

她坐回皮椅上，雙手抱膝，咬著下唇。

「他沒告訴你在辦什麼案子嗎？」柯柏問。

烏莎搖頭。

「他通常不會告訴你這些？」馬丁．貝克問。

「哦，會，我們無話不談。但最近不太一樣，最近這件案子他什麼也沒說。我覺得他不跟我說很怪，往常一向都會說的，尤其是很棘手難解的案子。或許他不能——」

說到一半，她突然停下來，接著抬高音量。

「怎麼問我？你們是他的長官耶。如果你們想知道他有沒有對我透露什麼警方機密，那我可以保證沒有。過去這三個星期，他對工作根本隻字未提。」

「或許是因為他沒啥特別的能說。」柯柏安撫道。「過去這三個禮拜，日子平淡得出奇，我們都沒事可做。」

烏莎緊盯著他看。

「你怎麼會這麼說？歐格可是忙得不得了，幾乎日夜都沒休息。」

14.

隆恩看看錶，打了個呵欠。

他瞥向活動病床和床上那個滿身繃帶、根本看不出原本面貌的人。他打量著眼前各種複雜的儀器——傷者顯然要靠這些東西才能活下去——以及前來檢查儀器，確保一切運作正常的傲慢中年護士。此刻她正靈活地更換一只點滴瓶，動作快速準確，展現出多年的訓練成果和令人欽佩的俐落感。

戴著口罩的隆恩嘆了口氣，又打了個呵欠。

這位護士立刻注意到了，不以為然地白了他一眼。

這間消毒過的隔離病房燈光冰冷，白牆光裸；隆恩在這裡已經待了許久，間或在手術室外的走廊上踱步。

更糟的是，這裡大半時間還有一個名叫厄勒洪的傢伙也在；他從未見過此人，但後來發現原來是個便衣警探。

隆恩並不是當代智者，也從不假裝自己知識淵博。一般來說，他對自己和生活皆很滿意，認為一切都不錯。事實上，就是這些特質造就他成為一個有用而且能幹的警員。他面對事情的態度單純而直接，沒有惹麻煩、或是憑空創造問題的天賦。

他喜歡大部分的人，大部分人也喜歡他。

不過，就算像隆恩這樣單純的人，也覺得厄勒洪是個囉唆沉悶、極端保守而愚蠢的怪物。厄勒洪對一切都不滿，從他的薪級（的確太低，這不讓人驚訝）到毫無魄力的警察局長。孩子沒在學校學好禮儀，警方紀律太過鬆散，這些現象都讓他義憤填膺。

他對三種人特別充滿敵意：外國人、青少年和社會主義者；但這些人從來不曾讓隆恩頭痛或是擔憂。

厄勒洪認為巡邏警員可以留鬍子簡直是種恥辱。

「頂多留留上唇的小鬍子已經很夠了，」他說，「但就算這樣也非常可議。你明白我的意思吧？」

他認為瑞典社會打從三〇年代開始，就已經沒有法治可言了。

他將犯罪和暴力的大幅增加，歸咎於警方沒受過適當的軍事訓練，也不再配備軍刀之故。

人事改靠右走也是一項駭人聽聞的大失策，使得原本就已經道德腐化、毫無紀律可言的群眾進一步向下沉淪。

「而且這鼓勵雜交，」他說。「你懂我意思吧？」

「呃？」隆恩說。

「雜交，在所有迴轉的地方和公路沿線的停車場。你懂我意思吧？」

這個厄勒洪無所不知，也無所不曉。唯獨一次，他得向隆恩尋求資訊。一開始，他說：「眼見到處都這麼散漫，真讓人想回歸自然。要不是整個拉普蘭*都是該死的拉普蘭人，我會選擇山區。你明白我的意思吧？」

「我太太是拉普蘭人。」隆恩說。

厄勒洪以混雜著厭惡和好奇的表情望著他。他壓低聲音說：「真有趣，太奇特了。拉普蘭女人的那裡真是十字型的嗎？」

「不是，」隆恩疲累地說，「很多人都有這種誤解。」

隆恩想知道，這傢伙怎麼沒早在八百年前就被調職到失物招領室。

厄勒洪喋喋不休，每句話都以「你懂我意思吧？」做結。

---

* 歐洲最北部地區，包括挪威、瑞典和芬蘭北部。

隆恩只看出兩點。

第一：他在調查總部呆呆地提出「誰在醫院當班」這個問題時，到底發生了什麼事。

柯柏漫不經心地翻著文件說：「一個叫厄勒洪的傢伙。」

唯一認得這個名字的是剛瓦德・拉森。他吼道：「什麼！誰？」

「厄勒洪。」柯柏重覆。

「這樣不行！我們得派人去盯著他，某個至少正常一點的人。」

結果這個至少正常一點的人就是隆恩。當時他毫不知情地問：「我是去代他的班嗎？」

「代他的班？不是，那不可能。他會以為人家瞧不起他，會寫幾百封陳情書，一狀從國家警察總署告到民間人權團體，還會打電話給司法部長。」

隆恩要離開時，剛瓦德・拉森下了最後的指令：「埃拿！」

「怎樣？」

「在你看見死亡證明書之前，絕對不要讓他跟證人說上一個字。」

第二：他得設法阻止這傢伙的口水繼續氾濫下去。最後，他找出一個理論上的解決方法。實際應用起來像是這樣：

厄勒洪一段長篇大論的最後總結是：「毫無疑問，身為一個人和保守派人士，身為一個自由民主國家的公民，我絕對不會因為膚色、種族或意見不同而歧視別人。但你想像一下，滿是猶太人和共產黨的警力好了。你懂我意思吧？」

於是，隆恩在口罩後面微微清了嗓子，說道：「對。但其實我自己就是個社會主義者，所以……」

「共產黨員？」

「對，共產黨員。」

厄勒洪陷入一片死寂，走向窗口去。

至今他在那裡已經站了兩個小時，一臉陰沉地瞪著他身邊這個詭譎狡詐的世界。

舒利歷經三次手術，已取出體內兩顆子彈，但眾醫生無人面露喜色。隆恩謹慎提出問題，獲得的答案只有聳肩。

不過，大約十五分鐘前，當中某位外科醫生走進隔離病房說：

「他如果會甦醒，那會是在隨後半小時內。」

「他撐得過去嗎？」

醫生意味深長地看了隆恩一眼：「似乎不可能。當然，他體格不錯，目前情況也還算過得去。」

隆恩沮喪地低頭望著舒利，想知道病人看起來得是什麼樣子，才會被醫生認為情況不好或是很糟。

他已經仔細想妥兩個問題，為了保險起見，他將問題寫在筆記本上。

首先是：是誰開的槍？

其次是：兇手長什麼樣子？

他同時也做了一兩項準備工作，在床邊的椅子上放好隨身攜帶的小錄音機，插好麥克風掛在椅背上。厄勒洪沒有幫忙，只是繼續站在窗前，偶爾挑剔地瞅隆恩一眼。

時鐘顯示兩點二十六分時，護士突然俯身向傷者，快速且不耐煩地招手要兩名警察過來，另一隻手同時按了鈴。

隆恩很快過去，拿起麥克風。

「我想他要醒了。」護士說。

傷者的臉似乎起了某種變化，眼瞼和鼻孔都在抽動。

「就是現在。」護士說。

隆恩湊上麥克風：

「是誰開的槍？」

沒有反應。

過了一會兒，隆恩重覆問題：

「是誰開的槍？」

這回病人的唇動了一下，說了些什麼。隆恩只等了兩秒，隨即再問：

「兇手長什麼樣子？」

傷者再度有了反應，這次回答似乎清晰一點。

一名醫生走進病房。

隆恩才正要開口重覆第二個問題，傷者的頭就朝左邊一歪。他的下顎鬆開，一絲摻雜著血的唾液從他口中流出。

隆恩抬頭望著醫生，後者用儀器檢查了一下，嚴肅地點點頭。

厄勒洪走到隆恩旁邊，猛然怒道：「這就是你偵訊的全部內容嗎？」

然後，他以宏亮的威嚇聲音說：「你給我聽著，好兄弟，我是厄勒洪偵查員——」

「他死了。」隆恩靜靜地說。

厄勒洪瞪著他，吐出兩個字：「蠢貨。」

隆恩拔掉麥克風，將錄音機拿到窗邊。他謹慎地用手指將錄音帶捲回去，然後按下播放鍵。

「是誰開的槍？」

「*Durk*。」

「兇手長什麼樣子？」

「*Koleson*（庫列松）。」

「你覺得這是什麼意思？」他問。

厄勒洪怒視著隆恩至少十秒，接著說：

「覺得？我要舉發你瀆職。這沒辦法避免了，你懂我意思吧？」

他轉身，精力充沛地走出病房。隆恩悲哀地望著他的背影。

15.

馬丁．貝克打開警察局大門時，一陣凜冽寒風挾著刺骨如針的雪花撲面而來，讓他幾乎連氣都喘不過來。他低頭避風，趕緊扣上大衣鈕釦。當天早上，他終於屈服於英雅的嘮叨、零度的低溫，以及老是好不了的感冒，穿上了冬季的厚大衣。他把頸上的羊毛圍巾拉高，朝市中心走去。

過了亞聶街後，他停下腳步，不知所措地想搞清楚該搭哪班公車。自從九月開始實施人車改靠右、電車停駛的政策後，他還沒適應所有的新路線。

一輛車在他身邊停下。剛瓦德．拉森搖下車窗叫道：

「上來。」

馬丁．貝克感激地坐進前座：

「呃，天氣真爛。根本還沒來得及注意到夏天，冬天竟然又開始了。你要去哪？」

「費斯曼納街。」剛瓦德．拉森回答。「我要去和公車上那老太婆的女兒談談。」

「很好，」馬丁．貝克說，「你可以在主日醫院外面讓我下車。」

他們開過國王橋，經過舊市場。片片雪花飛旋，打在擋風玻璃上。

「這種雪根本沒用，」剛瓦德·拉森說，「甚至不會積起來，只會這樣飄來飄去，阻礙視線。」

剛瓦德·拉森跟馬丁·貝克不同，他喜歡汽車，眾所公認還是非常棒的駕駛。

他們沿著伐沙路來到北鐵廣場；在北拉丁中學外面，超越一輛四十七路雙層公車。

「唉！」馬丁·貝克叫道，「我們以後只要看見這種公車，都會覺得反胃。」

剛瓦德·拉森快速瞥了公車一眼。

「款式不同。那是德國車，巴欣公司的。」他說。

一分鐘後，他說：「你要跟我一起去看阿薩森的老婆嗎？就是帶著保險套的那個傢伙。我三點鐘要過去。」

「我不確定。」馬丁·貝克說。

「既然你人就在附近，那裡離主日醫院不過一個街口。之後我可以開車送你回去。」

「或許可以。要看我跟那個護士談得如何。」

他們在達拉街和戴涅街口被一個頭戴黃色安全帽、手持紅旗的人攔下。主日醫院用地上正在進行大規模擴建；舊房子要拆，新房子已經在蓋。目前工人正在炸開達拉街方向的大石頭。建築物的牆間還迴盪著爆炸聲之際，剛瓦德．拉森說：「他們何不乾脆把整個斯德哥爾摩一次炸掉，而要這樣零星受罪？他們應該採用隆納德．雷根還是什麼名字的那個人對越南的看法——鋪上柏油，畫上黃線，把那該死的地方變成停車場。反正也不可能比那些做都市計劃的傢伙更糟。」

馬丁．貝克在醫院靠近伊士曼牙科中心的入口處下車，這裡是醫院的婦產科診所和病房。門前的迴車空地空空盪盪。然而，走近時，他看見一位身著羊皮外套的女子正透過玻璃門望著他。她走出來說：「是貝克督察嗎？我是莫妮卡．葛羅洪。」

她用力地抓住他的手，熱情地緊握。馬丁似乎可聽見手骨碎裂的聲音，他希望這位女士照顧新生兒時可別用這麼大力氣才好。

她幾乎跟馬丁．貝克一般高，比他壯得多，皮膚光滑紅潤，牙齒白而健康，濃密的淺棕色頭髮呈波浪狀，漂亮大眼睛裡的瞳彩顏色跟頭髮一樣。她全身都散發出健康強壯的氣息。死在公車上的女孩嬌小纖細，站在這位室友旁邊看起來一定瘦弱不堪。

他們朝達拉街走去。

「我們去對面的店好嗎？」莫妮卡．葛羅洪問。「我得先吃點東西才有力氣說話。」

午餐時間已過，餐廳裡有好幾張空桌。馬丁．貝克選了靠窗的桌位，但莫妮卡．葛羅洪想坐裡面一點。

「我不希望醫院的人看見我們，」她說，「你不知道他們多會嚼舌根。」

她以一些有趣的閒話款待了馬丁・貝克，這證實了醫院的人的確很會嚼舌根。她一面說、一面盡情地吃著堆得像小山般的肉丸和馬鈴薯泥。馬丁・貝克從低垂的眼瞼下羨慕地望著她。他一如往常，並不覺得餓，只是有點反胃，而他喝咖啡是為了讓胃更難過些。他等莫妮卡吃完東西，正打算把話題轉向她去世的同事時，她把盤子一推，說道：「這樣好多了。現在你可以問問題了，我會盡量回答。我可以先問你一個問題嗎？」

「當然。」馬丁・貝克回道，遞給她一根菸。

她搖頭。

「謝謝，我不抽菸。你們抓到那個瘋子了嗎？」

「沒有。」馬丁・貝克說。「還沒。」

「大家都害怕得要命。婦產科病房有個女孩不敢再搭公車來上班了。她擔心那個瘋子會突然帶著衝鋒槍出現。自從發生這件事後，她都坐計程車上下班。你們一定得盡快抓到人。」

她以敦促的神情望著馬丁・貝克。

「我們在努力。」他說。

她點點頭。

「很好。」

「謝謝。」馬丁·貝克嚴肅地回答。

「關於布麗特，你想知道什麼？」

「你有多了解她？你們一起住多久了？」

「我敢說，我比任何人都了解她。我們當了三年室友，從她到主日醫院工作開始。她是全世界最好的朋友，也是非常能幹的護士。雖然她很纖弱，但工作非常賣力。完美的護士，從不偷懶。」

她拿起咖啡壺，加滿馬丁·貝克的杯子。

「謝謝。」他說。「她沒有男朋友嗎？」

「有啊，一個非常好的人。我想他們沒正式訂婚，但她告訴我她很快就要搬出去了。我猜他們要在新年結婚。那個男的自己有間房子。」

「他們認識很久了嗎？」

她咬著大拇指指甲，仔細思考。

「至少十個月吧。那男的是醫生。他們說，女孩子當護士就是為了要嫁給醫生，但布麗特可不是這樣。她非常害羞，而且害怕男人。去年冬天她生病了，貧血、過勞，一天到晚都得去檢查。就是因為這樣才認識了貝迪爾。他們一見鍾情。布麗特說，治好她的是貝迪爾的愛，而不是他的醫術。」

馬丁・貝克無奈地嘆了口氣。

「這有什麼不對？」她懷疑地問。

「完全沒有。她認識的男性多嗎？」

莫妮卡・葛羅洪笑著搖頭。

「只有在醫院裡碰到的那些。她非常內向。我想，她在遇見貝迪爾之前沒有跟男人在一起過。」

她的手指在桌上劃來劃去。隨後，她皺起眉頭望著馬丁・貝克。

「你感興趣的是她的感情生活？這跟案子有什麼關係？」

馬丁・貝克從胸前口袋取出皮夾，放在桌上。

「公車上有個男人坐在布麗特・達尼蘇旁邊。是個警察，叫歐格・史丹斯壯。我們有理由懷疑他認識達尼蘇小姐，他們一起搭公車。我們想知道的是，達尼蘇小姐是否提過歐格・史丹斯壯這個名字？」

他從皮夾取出史丹斯壯的照片，放在莫妮卡・葛羅洪面前。

「你見過這個人嗎？」

她望著照片，搖搖頭。她接著拿起照片仔細端詳。

「看過，」她說，「在報紙上看過。這張照片好看多了。」

她把照片遞回去。「布麗特不認識這個男人，我可以發誓。除了未婚夫之外，她不可能讓其他男人送她回家，她不是那種人。」

馬丁．貝克把皮夾收回口袋。

「他們可能是朋友——」

她用力搖頭。

「布麗特非常端莊，非常害羞，我說過，她幾乎害怕男人。此外，她跟貝迪爾正在熱戀，絕對不會看其他男人一眼的，不管是朋友還是其他什麼。而且她在這世界上也只跟我說心事，當然除了貝迪爾以外。她什麼事都跟我說。對不起，督察，你一定是弄錯了。」

她打開手提袋，拿出錢包。

「我得回去照顧小寶寶了。目前有十七個歸我照顧。」

她開始翻錢包，但馬丁．貝克伸手阻止。

「政府請客。」他說。

他們站在醫院的大鐵門外面，莫妮卡·葛羅洪說：「他們的確有可能認識，比方說是兒時玩伴，或是以前的同學，然後忽然重逢。但我只能想到這些。布麗特二十歲前都住在艾斯盧（瑞典南部小城，靠近馬爾摩）。這個警察是哪裡人？」

「哈斯塔哈瑪（斯德哥爾摩以北的一個小城）。」馬丁·貝克回道。「這位貝迪爾醫生姓什麼？」

「派爾申。」

「住在哪裡？」

「班德哈根的吉勒巴肯路二十二號。」

馬丁略為遲疑地伸出手。為了保險起見，他沒脫下手套。

「替我跟政府問好，午餐謝啦。」莫妮卡·葛羅洪說，隨後輕快地走下斜坡。

16.

剛瓦德・拉森的車停在戴涅街四十號外面。馬丁・貝克看了一下錶，推開公寓大門。

此時是三點二十分，這表示，一向準時的剛瓦德・拉森已經和阿薩森太太談了二十分鐘。他這時候應該已經知道她先生在離開學校之後發生的每件大事。剛瓦德・拉森的偵訊技巧是從頭開始，逐步探知接下來的一切。這方法雖然可能管用，但常常是既累人又浪費時間。

一個穿著深色西裝、繫著銀白色領帶的中年男子前來應門。馬丁・貝克自我介紹，亮出警徽。這男子伸出手。

「我是督勒・阿薩森……死者的弟弟。請進，你的同事已經到了。」

他等馬丁・貝克掛好大衣，然後領路打開高高的雙扇門。

「梅妲，親愛的，這位是貝克督察。」他說。

這客廳很大，相當陰暗。超過三碼長的燕麥色的矮沙發上坐著一名削瘦的女子，她身穿黑色針織套裝，手裡拿著一只玻璃杯。她將杯子放在沙發前的黑色大理石桌上，伸出優雅下垂的手，彷彿期待他親吻似地。馬丁・貝克笨拙地握住她的手指，喃喃說道：「請節哀，阿薩森太太。」

大理石桌的另一端立著一組三張低矮的粉紅色安樂椅，剛瓦德・拉森坐在其中一張，姿勢看起來奇怪極了。馬丁・貝克在阿薩森太太傲慢地示意之後也坐下，這時他才明白剛瓦德・拉森的難題。

那張安樂椅的設計會讓人呈現幾乎平躺的姿勢，而躺著問話未免太詭異了，於是剛瓦德・拉森只好盡量將身體前傾。維持這種難受的姿勢讓他滿面通紅，他從兩個膝蓋頭之間怒視著馬丁・貝克，膝蓋像是兩座山峰似地杵在身體前面。

馬丁・貝克先把腿往左移，然後再往右移，接著他設法交叉雙腿，把腿擠進椅子下方，但椅子太矮了，完全沒有空間。最後他只好採取跟剛瓦德・拉森相同的姿勢。

在此同時，新寡的貴婦已經喝完杯中酒，把杯子遞給小叔讓他添。小叔打量了她一眼，而後從櫥櫃裡取出玻璃瓶和乾淨的杯子。

「你來一杯雪利酒吧，督察。」他說。

馬丁・貝克還來不及拒絕，他就已經斟了酒放在他面前的桌上。

「我方才正在問阿薩森太太，是否知道她先生週一晚上為何搭那班公車。」剛瓦德・拉森說。

「而我的回答，跟上次我回答那位毫不得體、竟然在我剛得知先生死訊就偵訊我的人一樣——我不知道。」

她對著馬丁．貝克舉杯，一飲而盡。馬丁．貝克試圖伸手去拿雪利酒杯，但還差了一呎，反而跌回椅子裡。

「你知道你先生當晚稍早人在哪裡嗎？」

她放下酒杯，從桌上的綠色玻璃菸盒裡取出一根金色濾嘴的橘色菸，在盒蓋上輕敲幾下，然後讓小叔點燃。馬丁．貝克發現她不甚清醒。

「知道，」她說，「他在開會。我們倆六點吃了晚飯，然後他換了衣服，在七點左右出門。」

剛瓦德．拉森從胸前口袋取出紙筆開口發問，「開會？跟什麼人？在哪裡？」邊問還邊用筆掏耳朵。

阿薩森望著嫂嫂，她沒有回答，於是他說：「那是一個老同學組成的團體。他們自稱『駱駝會』。總共有九個人，這些人從在海軍官校結識之後就一直保持聯絡到現在。他們通常是在其中一個生意人的家裡聚會。那人叫做施柏利，住在納法路。」

「駱駝會？」剛瓦德．拉森難以置信地說。

「是啊，」阿薩森回道，「他們互相打招呼時都會說：『嗨，老駱駝。』所以就叫駱駝會。」

寡婦一臉挑剔地望著小叔。

「那是一個理想主義的團體，做了很多慈善事業。」她說。

「哦？」剛瓦德・拉森說，「比方說什麼？」

「那是祕密，」阿薩森太太回答，「甚至連我們這些做太太的都不能知道。有些團體就是這樣，有祕密行動之類的。」

馬丁・貝克感覺到剛瓦德・拉森看過來的視線，便說：「阿薩森太太，你知道你先生是在何時離開納法路的嗎？」

「我睡不著，所以大概兩點時起來喝一杯。我發現亞斯塔還沒回來，於是打給螺絲——他們都這樣叫施柏利先生——螺絲說亞斯塔大約十點半就走了。」

她把菸捻熄。

「你認為他搭四十七路公車是要去哪裡？」馬丁・貝克問。

阿薩森神情焦慮地看著他。

「當然是要去拜訪生意上的朋友。我先生精力非常充沛，非常努力經營他的公司——當然督勒也是合夥人——他在晚上談生意一點也不奇怪。比方說，要是有人從外地過來，只在斯德哥爾摩待一夜，那麼，呃……」

她似乎忘了自己要說什麼。她拿起空酒杯搖晃。

剛瓦德．拉森忙著在紙上寫筆記。馬丁．貝克伸直一條腿，按摩膝蓋。

「你們有孩子嗎，阿薩森太太？」

阿薩森太太把酒杯放在小叔面前要他添酒。但他立刻把杯子收進櫥櫃，看也沒看她一眼。她怨恨地瞪著小叔，費了點勁站起來，拍掉黑裙子上的菸灰。

「沒有，貝克督察，我沒小孩。很不幸地，我先生沒跟我生小孩。」

她眼神渙散地盯著馬丁．貝克左耳後方的某處。看得出來她已經醉得差不多了。她慢慢眨了幾次眼，然後望著他。

「你的爸媽是美國人嗎，貝克督察？」她問。

「不是。」馬丁．貝克回答。

剛瓦德．拉森還在亂畫。馬丁．貝克轉頭一看，那張紙上全是駱駝。

「貝克督察和拉森請見諒，我得告退了。」阿薩森太太說，搖搖晃晃地朝一扇門走去。

「再見，見到你們真好。」她含糊地說，把門關上。

剛瓦德・拉森收起筆和畫滿駱駝的紙，掙扎著從椅子裡爬出來。

「他跟誰睡？」他看都沒看阿薩森一眼就這麼問。

阿薩森瞥了關上的門一眼。

「艾珀・巫娥松，」他回道，「一個辦公室的女職員。」

17.

這個可憎的星期三簡直糟糕透頂。

晚報當然挖出了舒利這條新聞，大剌剌地刊登在頭版，內容充滿加油添醋的細節和對警方的冷嘲熱諷。

「偵查已經走進死巷」、「警方偷偷帶走唯一的重要證人」、「警方對媒體和大眾撒謊」。

「如果媒體和偉大的百姓偵探無法獲得正確資訊，警方怎能奢望大家幫忙？」

報紙沒登的唯一一件事，就是舒利已經死了；但這原因可能只是因為他們趕著出刊罷了。

他們也設法嗅出鑑識實驗室人員對於犯罪現場的評斷。

寶貴的時間就這樣浪費掉了。

更糟的是，這個集體殺人犯動手的時機點，恰好還跟警方查緝報攤雜貨店、沒收色情刊物的掃蕩行動一致——而警方的這個行動早在幾星期前就決定了。

有份報紙非常好心，在版面顯著處指出有個瘋狂的集體殺人犯在逃，而大眾驚惶萬分。

報導還寫道，在追緝犯人的線索即將斷掉的同時，瑞典的烏龍警察大軍卻是在努力地翻看色情照片，猛抓頭皮，試圖釐清司法部曖昧不明的指示，判斷到底哪些刊物冒犯了大眾的體面。

柯柏在下午四點左右到達國王島街時，頭髮和眉毛上都結了冰珠子。他表情陰沉，腋下夾著晚報。

「警方線民的數量要是跟地方報紙一樣多，那我們只要躺著幹活就行了。」他說。

「這是錢的問題。」米蘭德說。

「我知道。但這麼說會讓人比較高興嗎？」

「不會，」米蘭德說，「不過事情就是這麼簡單。」

他敲敲菸斗，繼續埋首卷宗。

「你跟那些心理學家談過了嗎？」柯柏沒好氣地說。

「嗯。」米蘭德頭也不抬地回道。「大綱已經在打字了。」

偵查總部出現了一張新面孔，調配的支援人力來了三分之一——馬爾摩來的梅森。

梅森幾乎跟剛瓦德・拉森一樣高大，但看起來和藹可親多了。他自己開車徹夜從斯堪尼省北上，這不是為了要申請微薄的油錢津貼，而是因為他正確地判斷，若是有掛著馬爾摩車牌的車可用，辦起事來或許比較有利。

現在他正站在窗邊往外看，一面嚼著牙籤。

「有什麼事給我做嗎？」他說。

「有，有一兩個人我們還沒時間偵訊。比方說，艾絲特・蕭斯莊女士，她是受害人的遺孀。」

「雍恩・蕭斯莊，那個工頭？」

「正是。卡爾堡街八十九號。」

「卡爾堡街在哪裡？」

「那邊牆上有地圖。」柯柏倦怠地說。

梅森把咬爛的牙籤放進米蘭德的菸灰缸，從胸前口袋取出一根新的，面無表情地打量。他對著地圖研究了一會兒，然後穿上大衣。在門口，他轉身望著柯柏。

「那個……」

「怎樣？」

「你知道哪裡有賣加味的牙籤嗎？」

「不知，我真的不知道。」

「哦。」梅森沮喪地說。

他加以闡述：「據說真有這種東西。我正試著戒菸。」

他關上門離開之後，柯柏望著米蘭德說：「我先前只見過這傢伙一次，去年夏天，在馬爾摩。那時他也說了同樣的話。」

「牙籤的事？」

「對。」

「真奇特。」

「什麼？」

「過了一年多，還是沒有牙籤進一步的資訊。」

「天啊，你真是沒救了。」柯柏叫道。

「你心情不好嗎？」

「他媽的你覺得呢？」柯柏怒氣沖沖地說。

「用不著發脾氣。這只會讓事情更糟。」

「你說這話可絕了。你根本沒脾氣。」

米蘭德沒有回答，這對話就此打住。

雖然警方毫不領情，但偉大的百姓偵探當天下午可沒閒著。好幾百人打電話進來，或是親自來到警局，表示自己也搭了同一班公車。這些聲明全都必須經由偵查機器過濾，而這一次，這種沉悶的工作竟然不是完全做白工。一名男子在週一晚上大約十點時，在獵苑橋站搭上雙層公車。他發誓看見了史丹斯壯。他的電話被轉給米蘭德，後者立刻請他前來警局。

這男子大約五十歲。他似乎十分確定。

「你看見了史丹斯壯巡佐？」

「是的。」

「在哪裡？」

「我是在獵苑橋上車時看見他的。他坐在左手邊，靠近司機背後的階梯。」

米蘭德不禁點頭。媒體並不知道受害人在公車上的詳細位置。

「你確定那是史丹斯壯？」

「是的。」

「你怎麼知道？」

「我認得他。我以前當過晚班警衛。」

「對耶。」米蘭德說。「幾年前你在亞聶街舊警察局的前廳當差，我記得你。」

「沒錯，」男子驚訝地說，「可是我不認得你。」

「我只看過你兩次，」米蘭德回答，「我們沒有說過話。」

「不過，史丹斯壯我記得很清楚，因為……」他遲疑著。

「怎麼樣？」米蘭德語氣友善地詢問。「『因為……』？」

「嗯，他看起來很年輕，而且穿著牛仔褲和運動衫，所以我以為他不是警局的人，要他出示證件。後來……」

「怎麼樣？」

「過了一週我又犯了同樣錯誤。真是氣死我了。」

「哦，這種事情很容易發生。前天晚上你看見他時，他有沒有認出你？」

「沒有，完全沒有。」

「有人坐在他旁邊嗎？」

「沒有，那個位子是空的。我記得很清楚，因為我本來想坐過去跟他打招呼，但後來又覺得唐突。」

「真可惜。」米蘭德說。「然後你在賽耶市場下車？」

「對，換搭地鐵。」

「史丹斯壯那時還在公車上嗎？」

「我想還在，至少我沒看見他下車。不過我是坐在上層啦。」

「你要喝杯咖啡嗎？」

「我不介意來一杯。」男子說。

「你願意幫我們看一些照片嗎？」米蘭德問道。「不過，這些照片恐怕不是很令人愉快。」

「我想也是。」男子咕噥道。

他看了照片，面色發白，嚥了一兩次口水。然而，他唯一認得的人是史丹斯壯。

不久之後，馬丁・貝克、剛瓦德・拉森和隆恩同時回來了。

「如何？」柯柏說，「舒利……」

「是的，」隆恩說，「他死了。」

「然後呢？」

「他說了些話。」

「什麼話？」

「不知道。」隆恩答道，並把錄音機放在桌上。

•

他們圍著桌子聆聽。

「是誰開的槍？」

「Dnrk。」

「兇手長什麼樣子？」

「Koleson（庫列松）。」

「這就是你偵訊的全部內容嗎？」

「你給我聽著，好兄弟，我是厄勒洪偵查員——」

「他死了。」

「我的天，」剛瓦德·拉森叫道。「光聽見那個聲音就讓我想吐。他以前告過我瀆職。」

「你做了什麼事？」隆恩問。

「在克萊拉警局的拘留室說了『屄』這個字。幾個人拖了一個光著身子的妓女進來。她嗑藥嗑得神志不清，大吼大叫，在警車上把自己扒光。我告訴他們，至少該設法遮住她的——嗯哼，用條毯子裹住她之類的，再把她帶進警局。這個厄勒洪說我使用粗鄙傷人的語言，傷害了未成年少女的心智。那是他負責的案子。後來他請調到蘇納，以便接近自然。」

「自然？」

「對。我猜是他老婆。」

馬丁．貝克倒帶。

「是誰開的槍？」

「Dnrk。」

「兇手長什麼樣子？」

「Koleson（庫列松）。」

「這些問題是你自己想的嗎？」

「對。」隆恩謙遜地說。

「真天才。」

「他只清醒了半分鐘，」隆恩以受了傷害的語調說，「然後就死了。」

馬丁·貝克再度倒帶重放。

他們一遍又一遍地聽著。

「他到底在說什麼？」柯柏說。

他沒時間刮鬍子，現在正沉思地搔著鬍渣。

馬丁·貝克轉向隆恩。

「你覺得呢？」他說，「在現場的是你。」

「這個嘛，」隆恩說，「我覺得他明白我在問什麼，而且試圖回答。」

「所以？」

「他第一個答案應該是否定的回答。比方，『I don't know』。」

「你是見了什麼鬼，能夠從『Dnrk』推論出『I don't know』？」剛瓦德·拉森驚訝地說。

隆恩滿面通紅，侷促地把身體重心從一腳移到另一腳。

「是的，你是怎麼得到這個結論的？」」馬丁·貝克問。

「這個嘛，我就是有這種感覺。」

「嗯，」剛瓦德·拉森說，「那接下來呢？」

「對於第二個問題，他很清楚回答了『Koleson』。」

「我也聽到了，」柯柏說，「但那是什麼意思？」

馬丁．貝克用指尖按摩頭皮。

「可能是『Karlsson』（凱爾森），」他努力思索。

「他說『Koleson』，」隆恩固執地堅持。

「對，」柯柏說，「但沒有人叫這種名字。」

「我們最好查一下，」米蘭德說，「或許真有人叫這名字。在此同時……」

「怎樣？」

「在此同時，我認為應該把這捲錄音帶送去給專家分析。如果我們自家的鑑識人員沒辦法，可以去找廣播公司。他們的技術人員有各種儀器，能將錄音帶上的聲音分離，然後以不同速度播放。」

「是，」馬丁．貝克說，「這主意不錯。」

「但看在老天的份上，先把厄勒洪那部分去掉。」剛瓦德．拉森咆哮道。「否則我們會成為全瑞典的笑柄。」

他環視房內。

「梅森那個小丑呢？」

「我猜迷路了吧。」柯柏說。「我們最好通知所有巡邏車。」

他大大地嘆了一口氣。

伊克走進來，摸著滿頭銀髮，臉上表情憂慮。

「什麼事？」

「媒體抱怨他們沒有取得那個無名氏的照片。」

「你自己也知道那照片看起來是什麼樣子。」柯柏說。

「當然，但是……」

「等一下。」米蘭德說。「我們可以告訴他們更詳盡的描述。三十五到四十歲，身高五呎七吋，體重一百五十二磅，穿八號半的鞋子，棕色眼睛，深棕色頭髮。腹部有盲腸手術的疤痕，胸部和腹部的毛髮是棕色的，腳踝上有舊傷。牙齒……不，牙齒不行。」

「我去發布。」伊克邊說邊走出去。

他們不發一語地站了一會兒。

「斐德利克查到了一點消息，」柯柏說，「公車開到獵苑橋時，史丹斯壯已經在車上了。因此，他一定是從獵苑島來的。」

「他媽的，他到那裡幹什麼？」剛瓦德·拉森說。「三更半夜的，天氣又這麼糟？」

「我也查到了一點消息，」馬丁．貝克說，「顯然他完全不認識那個護士。」

「你確定？」柯柏問。

「不。」

「公車經過獵苑橋站的時候，他似乎是自己單獨一人。」米蘭德說。

「隆恩也有發現。」剛瓦德．拉森說。

「什麼？」

「『Dnrk』是『我不知道』，叫『Koleson』的傢伙則無解。」

這些就是他們在十一月十五號星期三的所有進展。

外面下著大片的濕雪，夜幕已然低垂。

當然，沒有叫做「Koleson」的人。至少瑞典沒有。

週四整天還是沒有任何進展。

•

柯柏回到帕連得路的自家公寓時，已經是週四當天十一點過後。他的妻子坐在落地燈的光暈下看書。她穿著前有鈕扣的短家居服坐在扶手椅中，光裸的雙腿縮在身下。

「哈囉，」柯柏道，「你的西班牙語課還好嗎？」

「當然一團糟。嫁給警察，還以為自己能做別的事，真是太可笑了。」

柯柏沒有答話。他脫下衣服走進浴室，刮了鬍子，沖了許久的澡，心中暗暗祈禱不要有哪個鄰居笨到打電話報警叫巡邏車來，抱怨半夜水聲響個不停。然後他穿上浴袍，走回客廳坐在妻子對面，若有所思地看著她。

「好久不見了，」她頭也不抬地說，「你們狀況如何？」

「很糟。」

「我很難過。竟然有人會在市中心的公車上開槍打死九個人，真是太怪了。但警察卻只顧著進行荒謬透頂的掃蕩行動。」

「的確很怪。」柯柏說。

「除了你之外，還有其他人也是三十六小時沒回家嗎？」

「可能有吧。」

她繼續看書。他沉默地坐著，大概有十或十五分鐘之久，視線一直沒有離開她。

「你幹嘛這樣盯著我看？」她問，還是沒有抬頭，但聲音中有一絲促狹。

柯柏沒有答話，她似乎讀得更專心了。黑髮棕眼的她五官端正，眉毛濃密。她比柯柏小十四歲，才剛滿二十九，他一直認為她非常美。最後他說：

「葛恩？」

這是她在柯柏到家之後第一次正眼看他，帶著若有似無的笑意，眼神中有一抹毫不羞赧的風騷。

「嗯？」

「站起來。」

「好啊。」

她在書頁右上角折了狗耳朵，闔上書，放在椅子扶手上。她站起來，雙臂自然下垂，赤裸的腳張得開開的。她眼睛眨也不眨地望著他。

「這樣不太好。」

「我嗎？」

「不是。折狗耳朵不太好。」

「那是我的書，」她說，「用我自己的錢買的。」

「脫掉。」他說。

她從頸部開始慢慢解開鈕釦，一顆一顆，一面凝視著他，一面拉開薄薄的家居服，讓棉衣滑落地上。

「轉過身。」柯柏說。

她轉過去背對他。

「你好美。」

「謝謝你。我要一直這樣站著嗎？」

「不，面向我比較好。」

「哦……」

她轉身回來，帶著和先前同樣的表情看著他。

「你會倒立嗎？」

「會，至少認識你之前會。在那之後我就沒理由倒立了。要我試試看嗎？」

「用不著麻煩了。」

「你要的話我可以。」

她走到房間另一端，倒立起來，身體往上弓，腿靠在牆上，毫不費力。

柯柏若有所思地望著她。

「要我保持這種姿勢嗎？」她問。

「不，不必。」

「如果這讓你興奮的話，我很樂意。人家說，倒立久了會暈過去。當然，要是我昏過去，你可以為我蓋張毯子什麼的。」

「不用。下來吧。」

她優雅地將腳放到地板上，直起身子，轉頭望著他。

「要是我想拍下你剛才那樣的照片呢？」他說。「你覺得怎樣？」

「你說那樣是什麼意思？光著身子？」

「對。」

「倒立？」

「對，就像那樣。」

「你根本沒相機。」

「是沒有，只是假設。」

「要是你想，當然可以，你他媽的愛怎麼樣都可以。兩年前我就跟你說過了呀。」

他沒有回答。她仍站在牆邊。

「可是你拿那些照片要做什麼？」

「這正是問題所在。」

她轉身朝他走來。然後她說：「你介意我問一下嗎？這到底是怎麼回事？如果你現在想跟我做愛，裡面有張舒服的床；如果你不想走那麼遠，這張長毛地毯也是一流的，又厚又軟，我自己織的。」

「史丹斯壯的抽屜裡有一疊那種照片。」

「辦公桌的抽屜？」

「對。」

「誰的照片？」

「他的女人。」

「烏莎？」

「對。」

「那應該沒什麼看頭。」

「我可不會這麼說。」柯柏回道。

她皺眉望著他。

「問題是，為什麼？」

「這很重要嗎？」

「我不知道，我無法解釋。」

「也許他就只是想看。」

「馬丁也這麼說。」

「但是，當然了，回家看個夠比較明智。」

「當然，馬丁也不是一向那麼聰明。比方說，他很擔心我們倆。從他的表情就看得出來。」

「我們？為什麼？」

「我想是因為週五夜裡我一個人出門去。」

「他有老婆不是嗎？」

「事情不太對勁，」柯柏說，「史丹斯壯和那些照片。」

「為什麼？男人不就是這樣。她在照片裡好看嗎？」

「嗯。」

「非常性感？」

「嗯。」

「你知道我要說什麼。」

「知道。」

「但是我不會說出口。」

「這我也知道。」

「至於史丹斯壯，他可能只是想讓朋友看看，炫耀一下而已。」

「這說不通，他不是那種人。」

「為什麼擔心這個？」

「不知道。我想大概是因為沒有其他線索可循吧。」

「你把這當線索？你認為有人因為這些照片而把史丹斯壯打死？要是這樣，那幹嘛殺掉其他八個人？」

柯柏緊盯著她。

「正是如此。這是個好問題。」

她傾身輕吻他的前額。

「我們上床去吧。」柯柏說。

「好主意。我先給波荻弄點吃的，三十秒就好——包裝上的說明是這樣的。我們床上見。要不就在地板或浴缸或你他媽愛哪裡就哪裡。」

「床上。謝了。」

她走進廚房。柯柏起身關掉那盞落地燈。

「萊納？」

「什麼？」

「烏莎幾歲？」

「二十四。」

「女人的性行為通常在二十九到三十二歲之間達到最高峰。金賽是這麼說的。」

「哦？那男人呢？」

「十八歲。」

他聽見她在平底鍋裡熱嬰兒食品的聲音。然後，她叫道：「不過，男性的個人差異比較大。不知道這樣說算不算安慰。」

柯柏透過半開的廚房門望著妻子。她裸身站在水槽旁的流理台前，攪動平底鍋裡的東西。他的妻子是個身材中等、長腿性感的女子。這是他理想中的女子，但他花了二十年才找到她，之後還考慮了一年。

她的姿勢在當下透露出不耐，腳動來動去的。

「什麼三十秒，」她喃喃道，「根本騙人。」

柯柏在黑暗中微笑。他知道自己很快就可以不必再想著史丹斯壯和那輛紅色的雙層巴士。這是三天以來的第一次。

•

馬丁・貝克沒有花二十年找尋另一半。他十七年前遇見她，當場讓她懷孕，就急急奉子成婚。

他的確反悔過，而他犯錯的紀念物現在正站在臥房門口，穿著起皺的睡衣，臉上印著枕頭壓出的紅痕。

「你咳嗽、擤鼻涕把全家都吵醒了。」

「抱歉。」

「你為什麼半夜躺在那裡抽菸？」她繼續追擊，「你的喉嚨已經夠糟了。」

他將菸捻熄，說道：「抱歉把你吵醒。」

「哦，那不重要，重要的是你可別又轉成肺炎。明天你最好待在家裡。」

「我實在辦不到。」

「胡說。如果你生病，就不該去上班，全瑞典又不是只有你一個警察。而且你也該睡了，不是躺在那兒看那些舊報告。反正那起計程車凶殺案永遠破不了。已經一點半了，別管那堆廢紙，關燈吧。晚安。」

「晚安。」馬丁・貝克對著關上的房門機械式地回應道。

他皺著眉頭，慢慢放下釘起來的報告。稱這些文件為一堆廢紙是不對的，因為這是驗屍報告，是他昨晚正要回家時才拿到的。然而，幾個月前，他的確常在夜裡躺著研究一件十二年前的計程車司機謀殺案。

他靜靜躺了一會兒，瞪著天花板。聽到妻子輕微的鼾聲從臥房傳出，他很快起身，躡手躡腳溜到走廊上。他的手擱在電話上，遲疑了一會兒，聳聳肩，接著拿起話筒撥了柯柏家的號碼。

「柯柏家。」葛恩上氣不接下氣地說。

「嗨，萊納在嗎？」

「在。比你想像得還要近呢。」

「什麼事？」柯柏喃喃道。

「我打攪你們了嗎？」

「可以這麼說。有何貴幹？」

「你記得去年夏天那起公園謀殺案之後的情形嗎？」

「記得。怎樣？」

「那時我們沒啥事情好做，哈瑪就要我們去翻以前沒破的舊案子。記得嗎？」

「當然，我記得可清楚了。那又怎樣？」

「我選了玻堯斯的計程車謀殺案，你找的是七年前在厄斯特馬失蹤的傢伙。」

「對。你打來就是要說這個嗎？」

「不是。史丹斯壯挑了哪個案子？那時他剛休假回來。」

「我完全不知道。我以為他有告訴你。」

「沒有，他從來沒跟我提過。」

「那他一定是告訴哈瑪。」

「對，是啊，當然，你說的沒錯。那就這樣，抱歉吵醒你們。」

「去死吧。」

馬丁・貝克聽見話筒砰一聲摔下的聲音。聽筒還在耳邊，他呆了幾秒才掛上電話，溜回沙發床上。

他再度躺下，關了燈。在黑暗中，他覺得自己像個傻瓜。

18.

出乎眾人意料，案情在週五上午竟露出一線曙光。

馬丁．貝克從電話裡獲知這個消息。其他人聽見他說：「什麼！這樣嗎？真的？」

房內所有人全停下手邊的事，盯著他看。他放下話筒說道：「彈道調查結果出爐。」

「如何？」

「他們認為已辨識出凶器。」

「哦？」柯柏焦躁地說。

「衝鋒槍。」剛瓦德．拉森說。「這東西軍方有好幾千把，放在無人看管的軍火庫內。不如乾脆直接分送給小偷算了，省得每週都要換新鎖，煩死了。等我抽出半小時空檔，就進城去買個半打。」

「跟你們想的不太一樣，」馬丁．貝克說，舉起剛才潦草記下內容的紙，「蘇奧米M37型。」

「真的？」米蘭德問。

「那種木製槍托的老玩意。」剛瓦德·拉森說。「我從四〇年代之後就沒見過了。」

「是芬蘭製，還是授權在這裡製造的？」柯柏問。

「芬蘭製。」馬丁·貝克說。「打來的人說，他們幾乎確定。連子彈都是舊的。蒂卡柯斯基兵工廠製造。」

「M37，」柯柏說，「七十發子彈的彈匣。現在還有誰會有這玩意兒？」

「沒人。」剛瓦德·拉森回答。「這玩意兒如今已躺在港口水深一百英呎以下的地方。」

「或許，」馬丁·貝克說，「但四天前誰有一把？」

「某個芬蘭瘋子，」剛瓦德·拉森怒道，「派一輛捕狗車，去把城裡所有芬蘭瘋子通通抓起來。這可是天殺的好差事。」

「我們要透露給媒體嗎？」柯柏問。

「不可。」馬丁·貝克說。「完全不能說。」

他們陷入沉默。這是第一條線索。要花多久才能找到下一個？

房門猛然打開，一個年輕人走進來，好奇地東張西望。他手裡拿著一只棕色信封。

「你找誰？」柯柏問。

「米蘭德。」年輕人說。

「要說米蘭德偵查員，」柯柏責備道，「他坐在那邊。」

年輕人走過去，將信封放在米蘭德的桌上。他正要出去時，柯柏加上一句：

「我沒聽見你敲門。」

年輕人停下腳步，手放在門把上，但沒有應聲。室內一片沉寂。然後，柯柏像是跟小孩解釋似地，清楚而緩慢地說：

「進入房間前，你要先敲門，然後等人家告訴你進來，接著你才開門進去。明白了嗎？」

「明白了。」年輕人咕噥道，眼睛盯著柯柏的腳。

「很好。」柯柏說，轉身背對他。

年輕人溜出房間，靜靜地將門關上。

「這誰啊？」剛瓦德．拉森問。

柯柏聳聳肩。

「讓我想起史丹斯壯。」剛瓦德．拉森說。

米蘭德放下菸斗，打開信封，抽出裡面綠色封皮的打字報告。這份文件約有半吋厚。

「那是什麼？」馬丁．貝克問。

米蘭德翻閱了一下。

「心理學家的意見。」他回答。「我叫人裝訂起來。」

「啊哈，」剛瓦德，拉森說，「這回他們想出什麼高明的理論？我們可憐的集體謀殺犯在青春期時曾因為沒帶車錢被趕下公車，這經驗深深傷害了他脆弱的情感……」

馬丁・貝克打斷他。

「剛瓦德，這不好笑。」他厲聲道。

柯柏驚訝地望了他一眼，轉向米蘭德。

「斐德利克，這本小書裡說了什麼？」

米蘭德清理菸斗，把菸斗裡的灰燼倒在紙上，將紙摺妥丟進字紙簍。

「瑞典沒有先例，」他說，「除非回溯到當年那起卡爾親王號蒸氣船上的諾倫德屠殺*。所以他們只能根據美國在過去幾十年來的調查做研究。」

他對著菸斗吹氣，確定菸管暢通，然後開始填裝菸絲。「美國心理學家跟我們不一樣，他們不缺研究資料。這份報告提到波士頓的勒人魔史派克，他在波士頓謀殺了八名護士；奧斯汀的懷特曼登上鐘樓狙殺了十六個人，還有許多人受傷；紐澤西的昂羅衝到街上，在十二分鐘內打死十三人；其他還有一兩起個案你們可能聽過。」

他飛快翻閱報告。

「集體謀殺似乎是美國的專長。」剛瓦德．拉森說。

「是。」米蘭德同意。「報告分析出幾個可能的理由。」

「美化暴力，」柯柏說，「社會以專業為重，郵購槍枝行為，無情的越戰。」

米蘭德吸著菸斗，讓菸絲燒起來，同時點點頭。

「以及其他原因。」

「我在某處讀過，美國每千人當中就有一兩個是潛在的集體謀殺犯。」柯柏說。「但可別問我他們是怎麼得到這個結論的。」

「市場調查，」剛瓦德．拉森說道，「那是美國人的另一項專長。他們挨家挨戶問人能否想像自己去殺很多人，一千人裡頭就有兩個說：『可以呀，應該還不賴。』」

馬丁．貝克擤著鼻涕，紅紅的眼睛惱怒地望著剛瓦德．拉森。

＊　諾倫德屠殺（Nordlund massacre）：一九○○年，二十五歲的瑞典青年Johan Filip Nordlund在載有二十名乘客的卡爾親王號蒸氣船上，以預先備妥的刀和槍殺害五人，另有八人受傷。諾倫德當時剛出獄，被逮時表示自己憎恨人類，只怨沒有時間殺光全數乘客。諾倫德該年即被處死，是瑞典廢除死刑前最後幾名死刑犯，也是受斧刑處決的最後一人。

米蘭德靠向椅背，伸直雙腿。

「你的這些心理學家認為兇手是怎樣的人？」柯柏問。

米蘭德翻到報告某一頁，直接讀出：

「『他可能不到三十歲，通常很害羞內斂，但周遭的人都認為他規矩、勤奮。他可能喝酒，但更有可能是禁酒主義者。身材應該不太高大，可能有某種面部缺陷，或是其他的身體畸形，導致他有異於常人。他在團體中的角色無足輕重，成長環境可能很拮据。大多數若非父母離異，不然本身即是孤兒，童年缺乏關愛。他在此之前很可能沒有犯過任何重大罪行。』」

他抬眼說道：「這是針對美國的集體謀殺犯所做的偵訊和心理分析綜合結論。」

「這種集體謀殺犯一定是徹底的神經病，」剛瓦德・拉森說，「難道在他衝出去幹掉一票人之前，大家都看不出來嗎？」

「『通常，在某件事觸發其異常特質之前，精神病患看起來都跟常人沒兩樣。精神病意味此人有某種或某些特質異常發展，但在其他方面仍是正常的——比方說才能、工作能力等等。事實上，這些突然一時衝動、毫無動機就犯下集體謀殺案的人當中，大多都是鄰居和朋友眼中體貼和藹、彬彬有禮的好人，完全不像會幹出這種事情。這些美國案例中，有幾個犯人說他們知道自己有病，也一直試圖壓抑自己的毀滅傾向，但最後還是屈服了。集體謀殺犯可能有被迫害妄想症、誇大狂或是病態的罪惡情結。兇手常會說，自己之所以這麼做是要出名，要看見自己的名字登上報紙頭條。而這種罪行背後幾乎都隱藏著報復或自我肯定的慾望。兇手覺得遭人輕視、誤解、虐待。幾乎每一件案例中兇手都有嚴重的性問題。』」

米蘭德唸完後，眾人一片沉默。馬丁．貝克盯著窗外。他面色蒼白，眼窩凹陷，背駝得比平時更厲害了。

柯柏坐在剛瓦德．拉森的桌上，把他的迴紋針串成一長條。拉森惱怒地把迴紋針盒拉到自己面前。柯柏打破沉默。

「那個懷特曼從奧斯汀大學的鐘樓上開槍打死好多人。」他說。「我昨天讀了一本談他的書，奧斯汀有個心理學教授認為，懷特曼的性障礙在於他想跟自己的母親發生關係，所以他就用刀子代替陰莖，捅進母親身體。我的記憶沒有斐德利克好，但這本書的最後一句話大致是說：『然後他爬上高聳的鐘樓——這是明顯的陽具象徵——將死亡的精子像愛情箭矢一樣，灑在大地之母身上。』」

梅森走進房間，嘴角仍舊叼著片刻不離口的牙籤。

「你在胡扯什麼啊？」

「或許公車是某種性象徵，」剛瓦德．拉森沉思道，「只不過是橫著的。」

梅森目瞪口呆。

馬丁・貝克起身走向米蘭德，拿起那份綠皮報告。

「這借我找個安靜地方看看，」他說，「在一個沒有人發表俏皮意見的地方。」

馬丁・貝克朝門口走去，卻被梅森攔下。他取出口中的牙籤說：「現在我要幹什麼？」

「我不知道。去問柯柏。」馬丁・貝克簡潔地說，走出房間。

「你可以去找那個阿拉伯人的女房東問話。」柯柏說。

他在紙上寫下姓名和地址，遞給梅森。

「馬丁怎麼了？」剛瓦德・拉森問，「他幹嘛這麼敏感？」

柯柏聳聳肩。

「我想他有他的理由吧。」柯柏說。

•

斯德哥爾摩的交通讓梅森花了半小時，才抵達站前北路。他把車停在四十七路公車的終點站對面。這時才剛過四點，但天已經黑了。

公寓裡有兩個以凱爾森為姓的住戶，但梅森毫無困難地找出何者才是正確的對象。門上有八張用大頭釘釘住的人名卡，當中兩張是印製的，其餘則是筆跡不同的手寫字，全都是外國名字。當中並沒有默罕穆德．布席。

梅森按下門鈴。一個穿著起皺的長褲和白色汗衫的黝黑男子打開門。

「我能跟凱爾森太太說話嗎？」梅森說。

那人咧嘴一笑，露出雪白的牙齒。他雙臂一攤。

「凱爾森太太沒在，」他以破爛的瑞典話回答，「就快回來。」

「那我在這裡等。」梅森說，走進玄關。

他解開大衣釦子，望著這位微笑的男子。

「你認識住在這裡的默罕穆德．布席嗎？」

那男子臉上的微笑不見了。

「是，」他說，「該死，太可怕了，真恐怖。他，我朋友，默罕穆德。」

「你也是阿拉伯人嗎？」梅森問。

「不，土耳其。你也外國人？」

「不是，」梅森回答，「瑞典人。」

「哦，我覺得你有一點口音。」土耳其人說。

梅森的確有明顯的斯堪尼省口音，怪不得土耳其人以為他是外國人。

「我是警察，」梅森嚴峻地望著這男子，「如果你不介意，我想四處看看。有其他人在嗎？」

「沒有。只有我。生病了。」

梅森查看四周。玄關陰暗而狹窄，擺著餐椅、小桌子和金屬傘架各一。桌上有幾份報紙和數封貼著外國郵票的信件。除了前門之外，走道上共有五道門。兩道比較小的門八成是廁所和衣櫥。有一個是雙扇門，梅森走過去打開其中一扇。

「凱爾森太太的私人房間，」穿著汗衫的男子緊張地說，「進去，不行。」

梅森朝內瞥了一眼，房中擺滿家具，顯然既是臥房，也是起居室。旁邊的另一扇門通往廚房，廚房很大，而且現代化。

「廚房進去不行。」土耳其人在他身後說。

「這裡有幾個房間？」梅森問。

「凱爾森太太的房間、廚房和我們房間，」男子說，「廁所和衣櫥。」

梅森皺眉。

「也就是兩房加廚房。」他對自己說。

「你看我們房間。」土耳其人替他把門打開。

房間大約是二十三英呎長，十六英呎寬，兩扇面街的窗掛著褪色的薄窗簾；不同形式的床沿牆擺放，兩扇窗之間放著一張小沙發，背靠著牆。

梅森數了一下，共有六張床。其中三張一團凌亂。房間裡到處亂丟著鞋子、衣服、書本和報紙。中央有一張白漆圓桌，周圍放著五張不相配的椅子。其餘家具就只有一座高大、骯髒的五斗櫃，靠著窗旁的牆壁擺放。

這間房還有另外兩道門。其中一道門前擺了一張床，顯然通往凱爾森太太的房間，而且一定鎖著。另一扇門裡則是小衣櫥，塞滿衣服和行李箱。

「你們六個人都睡在這裡？」梅森問。

「不是，八個。」土耳其人回道。

他走向門前那張床，半拉出一張有腳輪的矮床，接著又指向另一張床。

「兩個這樣的，」他說，「默罕穆德睡那邊。」

「其他七個是什麼人？」梅森問，「和你一樣也是土耳其人嗎？」

「不是，我們三個土耳其人，兩個——一個阿拉伯人，兩個西班牙人，一個芬蘭人，還有一個新的，他希臘人。」

「你們也在這裡吃飯？」

土耳其人快速走到房間另一端，挪動一張床上的枕頭。在枕頭遮住前，梅森瞥到一眼底下的色情雜誌。

「對不起，」土耳其人說，「這裡……這裡不整齊。我們在這裡吃飯嗎？不。煮飯，不准，不准用廚房，房間不准用電爐。我們不能煮，不能燒咖啡。」

「你們付多少租金？」

「一個人三百五十克朗。」土耳其人說。

「一個月？」

「對。所有月都三百五十克朗。」

男子點點頭，抓著胸前像是馬毛般的黑毛叢，從那汗衫的低領口可以看得一清二楚。

「我賺很多錢，」他說，「一百七十克朗一星期。我開卡車。以前我在餐廳，賺不多。」

「默罕穆德・布席有沒有親戚，你知道嗎？」梅森問，「爸媽，兄弟姊妹？」

土耳其人搖頭。

「我不知道。我們好朋友，但是默罕穆德不多說。他很害怕。」

梅森站在窗邊，望著一群瑟縮在公車站候車的人。

他轉過身。

「害怕？」

「不是害怕……你們怎麼說？啊，對啦，害邱。」

「害羞，嗯。」梅森說。「你知不知道他在這裡住了多久？」

土耳其人在兩扇窗之間的沙發坐下，搖搖頭。

「我不知道。我上個月來，穆罕默德——已經住在這裡。」

梅森在厚大衣底下冒出一身汗。空氣中充滿八個房客的氣味。

梅森非常希望能回到馬爾摩，回到自己整潔的公寓。

他從口袋裡掏出最後一根牙籤，問道：「凱爾森太太什麼時候回來？」

土耳其人聳聳肩。

「我不知道。很快。」

梅森把牙籤塞進嘴裡，坐在圓桌旁等待。

半小時後，他把咬爛的牙籤丟進菸灰缸。凱爾森太太的房客回來了兩個，但這位女房東還是不見人影。

回來的是兩個西班牙人。他們的瑞典話能力極為有限，梅森對西班牙文則是一個字也不認識，因此很快就放棄詢問。他唯一獲得的資訊，就是這兩人叫做雷蒙和璜安，在某家燒烤餐廳打雜。

土耳其人癱坐在沙發上，翻閱一本德國雜誌。兩個西班牙人一面換衣服準備出去玩，一面熱切地交談；他們的計劃似乎包括一個名叫克莉斯汀的女孩子，兩人顯然正在討論她。

梅森一直看錶。他決定只待到五點半，一分鐘也不多等。

五點二十八分，凱爾森太太回來了。

她讓梅森坐進最好的沙發，為他斟了一杯波特酒，開始滔滔不絕怨嘆當房東的苦處。

「我告訴你，房東可不是好當的啊。我一個可憐的女人家，這房子裡全是男人，」她哀訴，「而且還都是外國人。但我是個窮寡婦，能怎麼辦？」

梅森粗略地心算一下。這可憐的窮寡婦每個月房租收入可是有將近三千克朗。

「那個穆罕默德呀，」她抿起嘴唇，「他欠我一個月的房租。也許你能想想辦法讓我拿到房租？他在銀行可有存款喔。」

梅森問她對穆罕默德的觀感。她回道：「以阿拉伯人來說，他真的算不錯。你知道，這些人通常又髒又不可靠。不過他人很好，又安靜，似乎很守規矩——不喝酒，我想他也沒帶女人回來。但是他還欠我一個月的房租。」

她似乎對房客的私事一清二楚，這點毫無疑問。雷蒙跟一個叫做克莉斯汀的賤貨有一腿，但她對穆罕默德的事所知有限。

穆罕默德有個已嫁人的姊姊在巴黎，不時會寫信來，但她看不懂，因為寫的是阿拉伯文。

凱爾森太太拿出一疊信給梅森。信封背後寫著寄件人的姓名和地址。

默罕穆德．布席在這世上僅有的財產都收進一個帆布箱內了。梅森一併帶走了箱子。

關上大門前，凱爾森太太又提醒他默罕穆德房租未付。

「我的天，真是個老巫婆。」梅森喃喃自語，下樓回到街上去開車。

19.

週一。降雪，刮風，酷寒。

「適合滑雪的好雪。」隆恩說。

他站在窗前，帶著夢幻的神情望著紛飛大雪中隱約可見的街道和屋頂。

剛瓦德·拉森充滿疑心地怒視他一眼：「這是笑話嗎？」

「不是，我只是在想我小時候下雪的感覺。」

「真是太有建設性了。你不想做點比較有意義的事嗎？比方說幫忙辦案？」

「當然好，」隆恩說，「但是……」

「但是什麼？」

「我正要說這句話。但是做什麼呢？」

「有九個人被謀殺了，你竟然站在這裡不知道要做什麼？你是警探，對吧？」

「對。」

「那麼，看在老天爺份上，就去探呀。」

「去哪裡？」

「我不知道。去做點事就是了。」

「你自己在做什麼？」

「你看不出來嗎？我坐在這裡讀米蘭德和那些醫生捏造出來的心理分析廢話。」

「為什麼？」

「我不知道。我怎麼可能什麼事都知道？」

公車血案事發已經過了一星期，偵查狀況沒有變化，束手無策的現況讓大家坐立難安，就連社會大眾提供、多如洪流的無用線索也已慢慢乾涸。

但消費社會和其煩惱的民眾仍有其他事情可想。雖然距離耶誕節還有一個多月，廣告卻已漫天飛舞，歇斯底里的購物潮就像黑死病，迅速無情地在花彩裝飾的購物大街上蔓延。這種傳染病橫掃千軍，無人可倖免。它侵入家家戶戶，毒害、破壞所有人事物。孩子們因為疲累而哭叫，一家之主則是直到下回度假前都負債累累。這龐然的合法騙局讓所有人全數成為犧牲者，醫院裡心肌梗塞、精神崩潰和潰瘍發作的病患同時暴增。

市中心的警察局常有盛大家庭節慶的先驅者造訪，這些耶誕老人醉得不省人事，得讓人從公寓門口或公共廁所裡拖出來。兩個筋疲力竭的警員在瑪麗廣場協助一位爛醉的耶誕老人坐上計程車時，不慎讓他掉進了溝裡。

接下來便引起一陣騷動，兩名警員慘遭驚叫的兒童和怒罵的酒鬼圍攻。其中一位巡邏警員在眼睛被冰塊打中後動了肝火，拿起警棍隨手一揮，打到一個好奇的退休公民。這下子可難看了，痛恨警方的民眾可有材料大肆炒作。

「每個社會階層對警方都有潛在的恨意。」米蘭德說。「只需一點衝動，就能使這種恨意現形。」

「哦，」柯柏毫無興趣地應聲，「那原因是什麼？」

「原因是警察是一種必要之惡。」米蘭德說。「每個人，就連職業罪犯都知道，他們有可能會突然陷入只有警方能幫得上忙的情況。當夜賊半夜醒來，聽見地下室有怪聲音，他該怎麼辦？當然是打電話叫警察。但只要這種情況不出現，大部分的人在警方干擾他們的生活、使得他們不安時，都會有恐懼或輕蔑的反應。」

「如果我們非得覺得自己是必要之惡，那就玩完了。」柯柏喪氣地說。

「當然，這個問題的關鍵是一種自相矛盾的事實，」米蘭德一副事不干己的模樣繼續說，「那就是，做警察的人需要頂尖的智慧和出眾的心理、生理及道德素質；然而，這個職業實際上根本無法吸引擁有上述條件的人投入。」

「你真恐怖。」柯柏說。

這個論點馬丁・貝克以前就聽過許多次，他並不覺得有趣。

「你就不能到其他地方去討論你的社會學嗎？」他不悅地說，「我在想事情。」

「想什麼？」柯柏說。

電話響了。

「喂，我是貝克。」

「我是葉勒摩。情況如何？」

「我們私下說——很糟糕。」

「那個沒有臉的，你們查出他的身分了嗎？」

馬丁・貝克和葉勒摩相識多年，對他深具信心。不是只有他這麼想，許多人也都認為葉勒摩堪稱是世上最聰明的鑑識技術人員——如果你知道怎麼應付他的話。

「還沒。」馬丁・貝克說。「似乎沒有人在找他。挨家挨戶調查也都沒收穫。」

他深吸一口氣，繼續說下去。

「你該不會要說，你有新發現了吧？」

一定要拍葉勒摩的馬屁，捧他一下，這是眾人皆知的事。

「沒錯，」他志得意滿地說，「我們又徹底將他檢查一遍，試圖建立比較詳細的圖像，能讓人想像出他生前是什麼樣子。我認為我們找到了某個特點。」

我可以說「你不是說真的吧？」馬丁．貝克暗自思忖。

「你不是說真的吧？」他說。

「是真的喔。」葉勒摩愉快地說。「結果比我們想像的更好。」

現在他該說什麼？「太棒了」？「了不起」？還是就簡單地說「很好」？或是「厲害」？他心想，我得在跟英雅喝咖啡嚼舌根的時候多練習才行。

「太好了。」他說。

「謝啦。」葉勒摩熱切地回道。

「別客氣。我猜你大概不能告訴我——」

「哦，當然可以，所以我才打來。我們先檢查了他的牙齒。這可不容易，牙齒情況很糟。但我們找到的補牙填充物做得很隨便，我不認為是瑞典牙醫做的。關於牙齒能說的大概就是這樣。」

「已經很了不起了。」

「然後是他的衣服。他的西裝，我們查到是斯德哥爾摩的好萊塢服飾連鎖店售出的。你可能也知道，總共有三家。一家在伐沙路，一家在古特街，還有一家在聖艾利克廣場。」

「很好。」馬丁・貝克簡潔地說。

他無法繼續扮演偽君子了。

「對，」葉勒摩酸酸地說，「我也這麼覺得。此外，西裝很髒，一定從來沒送去乾洗過，我認為絕對已經穿了很久沒換。」

「多久？」

「我猜大概一年。」

「還有其他的嗎？」

對方停頓了一下。葉勒摩把最好的留在最後。這只是修辭上的停頓。

「有，」最後他說，「我們在西裝外套內袋裡發現大麻碎屑，右邊褲袋內則有磨碎的厭食劑藥丸顆粒。驗屍時的測試分析證實這個人有毒癮。」

新的停頓。馬丁・貝克一言不發。

「此外，他有淋病，很嚴重。」

馬丁・貝克做完筆記，道謝後掛上電話。

「黑社會的臭味。」柯柏說。

他一直站在椅子後面偷聽。

「是，但他的指紋不在我們的檔案裡。」馬丁・貝克說。

「也許他是外國人。」

「很有可能，」馬丁・貝克同意，「但我們要拿這些消息怎麼辦？又不能透露給媒體知道。」

「是不行，」米蘭德說，「但可以讓線民和認識的毒販口耳相傳，在不同的警方轄區，透過毒品查緝組和社工人員去問。」

「嗯，」馬丁・貝克喃喃道，「那就這麼辦。」

沒啥用處，他心想。但除此之外還能怎麼辦？警方過去這幾天已經兩次大規模掃蕩了所謂的黑社會，成效正如他們所預期，少得可憐。除了最慘澹、最落魄的傢伙外，眾人早就知道警方要進行掃蕩。警方抓到大約一百五十人，大部分都需要立即接受醫療照護，必須轉送到不同機構。

內部調查截至目前也毫無所獲，負責和社會人渣接觸的警探們都說，他們相信線民確實什麼都不知道。

每件事似乎都能證實這一點；沒有人會藉由掩護這個兇手而獲得好處。

「除了他自己之外。」剛瓦德・拉森這麼說。他喜歡抒發不必要的評論。

他們能做的只有繼續追查手上的情報，試圖追蹤凶器，繼續偵訊每一個和受害者扯得上關係的人。這些偵訊現在已經改由支援的人力接手進行——馬爾摩的梅森和一個從蘇斯法來的諾丁偵查員；甘納・艾柏格無法從日常勤務中抽身。其實也無所謂，每個人都確信，這些偵訊是問不出什麼名堂來的。

時間慢慢過去，毫無進展，日復一日，而後變成一個星期，接著又一個星期。又是週一了，日期是十二月四號，聖徒巴布洛的紀念日。天氣很冷，還刮著風，耶誕節的購物潮越來越瘋狂。支援人力的情緒陷入低潮，大家開始想家了。梅森想念瑞典南部溫和的天氣，諾丁則懷念北方冬天清冽明亮的寒意。他們倆都不習慣大都市，覺得在斯德哥爾摩難受極了。許多事情都讓他們神經緊張，主要原因是這裡的日常生活、擁擠的群眾和澆薄的人情。而且，身為警察，這裡隨處可見的粗暴行為和小奸小惡，也讓他們不悅。

「我真不知道你們怎能忍受這個城市。」諾丁說。

他身材壯碩，頭頂光禿，但是眉毛濃密，棕眼瞇在一起。

「我們就在這裡出生，」柯柏說，「不知道其他地方是怎樣。」

「剛才我搭了地鐵，」諾丁說，「光是從赤楊溪到齊家廣場，我就看見至少有十五個要是在蘇斯法，絕對會被警方立刻逮捕的傢伙。」

「我們人手不足。」馬丁・貝克說。

「我知道，但是……」

「但是什麼？」

「你們沒想過嗎？大家住在這裡都很害怕，那些守法的平常市民。如果你想問路，或是借個火什麼的，他們都會轉身逃走。大家都嚇得要命，沒有安全感。」

「誰不是呢。」柯柏說。

「我不是。」諾丁回道。「至少通常不會這樣。但我想過不了多久，我在這裡也會變成這樣。你們現在有什麼事讓我做嗎？」

「有一個有點怪的情報。」米蘭德說。

「關於什麼的？」

「公車上那個身分不詳的無名屍。蒼鷺石區有個女人打電話來，說她家隔壁的修車廠裡老是有許多外國人聚集。」

「嗯哼。所以？」

「那裡通常很吵鬧，雖然她不是這麼說的——她是說『嘈雜』。其中最嘈雜的是一個矮小、黑皮膚、大概三十五歲的傢伙。他的衣著跟報上描述的有點像，而且這位女士已經很久沒看見他。」

「成千上萬的人都穿那樣的衣服。」諾丁懷疑地說。

「沒錯，」米蘭德同意道，「的確是。這個情報百分之九十九是沒用的，實在太過籠統，幾乎沒有可追查的線索，而且她似乎也不太確定。不過，你要是沒有別的事可做……」

他沒把話說完，便在筆記本上潦草地寫下這位女士的姓名及住址，把紙扯下來。電話響了，他拿起話筒，同時把紙遞給諾丁。

「拿去吧。」他說。

「我看不懂。」諾丁喃喃道。

米蘭德的筆跡像是鬼畫符，幾乎無法辨讀，至少外人看來是這樣。柯柏接過那張紙。

「此乃象形文字，」他說，「要不然就是希伯來文。死海古卷八成是斐德列克寫的，雖然他沒那種幽默感。我可是他的首席翻譯呢。」

他重新謄寫了姓名和住址，說：「這是正常文字的寫法。」

「行了。我可以跑一趟。有車嗎？」諾丁問。

「有，但是交通那麼擁擠，路況又那麼糟，最好還是搭地鐵。坐十三線或南向二十三線，在阿賽斯丘下車。」

「再見。」諾丁走了出去。

「他今天心情似乎不太好。」柯柏說。

「能怪他嗎？」馬丁·貝克擤著鼻涕答道。

「不能，」柯柏嘆口氣，「為何不讓他們回家算了？」

「因為我們管不著，」馬丁·貝克說，「他們是前來參與本國有史以來最大規模的偵緝行動。」

「要是能……」

柯柏止住自己，覺得說下去也沒用——要是能知道他們在偵緝什麼人，該到哪兒去偵緝，那就好了。

「我只是引述司法部長的話。」馬丁·貝克裝出一副傻樣。「『我們最聰慧的頭腦，』——他指的是梅森和諾丁——『正致力將該名集體謀殺狂徒逮捕歸案；讓此人不能再度行動，對整個社會和其個人而言，都有至高的重要性。』」

「這話他是什麼時候說的？」

「第一次是在十七天前，昨天已經不知是第幾次，不過昨天只在報紙的第二十二頁占了四行。我想他一定滿肚子怨氣。明年可是選舉年。」

米蘭德講完電話，用拉直的迴紋針掏菸斗頭，靜靜地說：「我們是不是該好好對付這個瘋狂的集體謀殺犯了？」

十五秒鐘後，柯柏才回答：「是，絕對是。同時也該把門鎖上，擋掉電話。」

「剛瓦德在嗎？」馬丁·貝克問。

「在。拉森先生正坐在那裡用裁紙刀剔牙。」

「叫他們把所有打進來的電話都轉給他。」馬丁·貝克說。

米蘭德伸手拿起話筒。

「叫他們也送些咖啡上來，」柯柏說，「我要三個甜麵包和一份杏仁杯子蛋糕，謝謝。」

十分鐘後，咖啡送來了。柯柏鎖上門。

他們坐下來。柯柏啜著咖啡，開始吃甜麵包。

「目前情況如下，」他滿嘴塞著食物說道，「想出名的瘋狂兇手悲哀地站在警察局長的衣櫥裡，我們需要他時，就拿人出來撣撣灰塵。因此可以這麼假設：一個帶著蘇奧米M37衝鋒槍的傢伙，在公車上射殺了九個人。這些人彼此毫無關聯，只是剛好在同一時間處在同一地點。」

「槍手有其動機。」馬丁·貝克說。

「對，」柯柏伸手拿杏仁杯子蛋糕，「我一直都這麼認為。但是他不可能有動機要殺害一群只是碰巧聚集在一起的人；因此，他真正的目的是要殺害其中一人。」

「凶案經過仔細計劃。」馬丁．貝克說。

「九個人當中的一個，」柯柏說，「不過，是哪一個？斐德列克，你有名單嗎？」

「不需要。」米蘭德說。

「對喔，當然不需要。真不知道我在說什麼。我們開始吧。」

馬丁．貝克點點頭。接下來的討論以柯柏和米蘭德的對話形式進行。

「古斯塔夫．班松，」米蘭德說，「公車司機。我們可說他有理由在這班公車上。」

「毫無疑問。」

「他的生活似乎相當普通且正常，沒有婚姻問題，沒有犯罪記錄，工作認真負責，同事都喜歡他。我們也問過他們家的幾個友人，大家都說古斯塔夫為人正直穩重。他不喝酒，四十八歲，在本市出生。」

「敵人呢？沒有。影響力呢？沒有。錢呢？沒有。殺害他的動機呢？沒有。下一個。」

「我不打算依據隆恩的編號來說。」米蘭德道。「希爾朵．尤翰生，六十八歲的寡婦。當時正從女兒在費斯曼納街的住處回家。出生在伊得柏洛。跟她女兒問過話的有拉森、梅森，還有……啊，這無關緊要。她靠老人年金過著平靜的生活。其他沒什麼可說的。」

「只有一點，她應該是在歐丁路上車，所以只坐了六站。除了她女兒女婿之外，沒人知道她會在這個時間搭公車走這段路。繼續。」

「雍恩・蕭斯莊，五十二歲，西脊市出生，席貝莉街格連修車廠的工頭。當天他加班之後搭公車回家，這點毫無疑問。他的婚姻也很幸福，主要的興趣是他的車子和夏天的度假小屋。沒有犯罪記錄。薪水不錯，但也就這樣而已。認識他的人說他八成是從厄斯特馬廣場搭地鐵到中央車站，然後轉乘公車。要是這樣，他應該是從皇后街的出口上來，在歐里恩百貨外面搭車。他的老闆說他是個技術高超的技師，也是個好工頭。修車廠的技工都說他……」

「是奴隸頭子，會欺負人，對老闆則是逢迎諂媚。我和他們談過。下一個。」

「阿爾方斯・舒利，四十三歲，美國明尼亞波利斯出生，父母是瑞典裔美國人。他在戰後來到瑞典，就一直留在這裡。他經營小生意，主要是進口喀爾巴仟山的雲杉做傳聲結構板，但十年前就破產了。舒利酗酒，他在溪丘的戒酒中心戒過兩次酒，也因為酒駕在柏吉蘇監獄坐過三個月的牢，那是三年前的事。他在經商失敗後改行當工人，現在替本地的議會做點雜工。案發當晚，他從酒廠街的箭矢餐廳回家。他沒喝多少，可能是因為沒錢；他住的地方簡陋破爛。他有可能是從餐廳走到伐沙路的公車站。舒利獨身，在瑞典沒有親戚，他的同事都喜歡他，說他性情好，脾氣好，能喝酒，沒有和任何人結怨樹敵。」

「他看到兇手，在死前對隆恩說了些讓人聽不懂的話。話說，專家對錄音帶的分析出來了沒？」

「還沒。默罕穆德．布席，阿爾及利亞人，在餐廳工作，三十六歲，出生在一個我不會唸的地方，名稱我忘記了。」

「嘖，真是大意。」

「他在瑞典住了六年，在此之前住在巴黎。不參與政治活動。他在銀行有儲蓄帳戶。認識他的人都說他害羞而內斂。他十點半下工，正在回家路上。為人正直，但小氣、乏味。」

「你這不是在說你自己嘛。」

「布麗特．達尼蘇，護士，一九四〇年出生在艾斯盧。她坐在史丹斯壯旁邊，但沒有證據顯示兩人認識。和她交往的醫生當晚在南方醫院值班。她應該是在歐丁街和寡婦尤翰生一起上車的。她也是要回家，中間沒有耽擱，下班就直接上了公車。當然，我們無法確定她不是跟史丹斯壯一起的。」

柯柏搖頭。

「絕不可能，」他說，「史丹斯壯幹嘛要這麼個蒼白的小女孩？他要的家裡都有了。」

米蘭德茫然地望著他，但沒有繼續這個話題。

「接著是阿薩森。外表體面，但骨子裡可就沒這麼漂亮了。」

米蘭德停下來，弄了一下菸斗，然後繼續說：

「這個阿薩森頗為可疑。兩次因為逃稅被定罪，還有一次是五〇年初期的性犯罪——性侵一個十四歲的打工少女。三次都坐了牢。阿薩森很有錢，他經商、處事都毫不留情。不少人有理由討厭他，就連他的妻子和弟弟都認為他很可惡。但有件事情很清楚：他之所以在公車上是有原因的。他參加完在納法路舉行的某種聚會，要去找一個名叫巫娥松的情婦。這個情婦住在卡爾堡街，在阿薩森的公司上班。他打給情婦說他要過去。我們問了她好幾次話。」

「誰去的？」

「剛瓦德和梅森。分別去的。她說——」

「等一下，他為什麼搭公車？」

「可能是因為喝了不少酒，不想自己開車。雨又下得太大，叫不到計程車。計程車行的總機忙不過來，全斯德哥爾摩沒有一輛空計程車。」

「行了。那個情婦說了什麼？」

「她覺得阿薩森是個齷齪的老頭，幾乎算是性無能。她是為了錢、又不想失去工作才跟他。

剛瓦德覺得這女人是賤貨，一定還跟別的男人往來，而且她很蠢。」

「『拉森先生和女人』，我想來寫本小說，就叫這個名字。」

「她也向梅森承認，自己還服侍與阿薩森有生意往來的人。這是阿薩森要她做的事情。阿薩森出生在哥登堡，上車地點是獵苑橋。」

「謝了，老朋友。我的小說就要這麼開頭：『他出生在哥登堡，上車地點是獵苑橋。』太棒了。」

「所有時間都符合。」米蘭德不為所動地說。

此時，馬丁·貝克首度加入討論。

「所以就只剩下史丹斯壯和那個無名氏？」

「對。」米蘭德說。「奇怪的是，我們只知道史丹斯壯是從獵苑島那方向來的，以及他帶著槍。至於無名氏，我們知道他有毒癮，大約三十五到四十歲。就這樣。」

「其他人都有在那公車上的理由？」馬丁·貝克問道。

「是。」

「我們查出了他們為何搭公車？」

「對。」

「接下來要登場的是已成為經典的問題：『史丹斯壯在公車上幹什麼？』」柯柏說。

「我們得去和他的女朋友談談。」馬丁．貝克說。

米蘭德取出嘴裡的菸斗。

「烏莎．托瑞爾？你們兩個都和她談過了啊。在那之後我們又問過她話。」

「誰？」馬丁．貝克問。

「隆恩，一個多星期前。」

「不行，隆恩不行。」他喃喃自語。

「什麼意思？」米蘭德說。

「隆恩的方式是沒問題，」馬丁．貝克說，「但他不是真明白這是怎麼回事；而且他跟史丹斯壯完全不熟。」

柯柏和馬丁．貝克互望了許久。兩人都沒說話，最後是米蘭德打破沉默。

「所以？史丹斯壯在公車上幹什麼？」

「他要去找某個女人，」柯柏的話難以令人信服，「要不就是找朋友。」

柯柏在這種討論中一向扮演反對派，但這次連他也不相信自己說的話。

「有一件事你忘了。」米蘭德說。「過去十天來，我們敲遍了那地區每一家的門。沒有半個人聽過史丹斯壯的名字。」

「這不能證明什麼。那個地區到處都是奇怪的藏身處和陰暗的出租公寓。那種地方可不歡迎警察。」

「就算這樣，我想以史丹斯壯來說，去找女朋友的理論可以不必考慮了。」

「你有什麼根據？」柯柏敏捷地問。

「我不相信是這樣。」

「但是你也承認這有可能？」

「對。」

「好吧，那就算了，目前不考慮。」

「這麼一來，關鍵問題似乎就是：史丹斯壯在公車上幹什麼？」馬丁．貝克問。

「等一下，」柯柏抗議，「那個無名氏在公車上幹什麼？」

「先別管無名氏了。」

「為什麼？他的存在跟史丹斯壯一樣重要，而且我們不知道他是誰、在那裡幹什麼。」

「或許他只是要搭公車。」

「只是要搭公車？」

「是的。許多遊民都這樣，一克朗可以搭兩趟，消磨幾個小時。」

「地鐵還比較溫暖，」柯柏不同意，「而且你愛搭多久就搭多久，愛換車就換車，只要不出站就行。」

「是沒錯，但是——」

「你還忘了重要的一點：無名氏不只在褲袋裡有大麻和厭食劑的碎屑，他身上的錢也比所有乘客加起來還多。」

「這碰巧也除去了『錢』這個謀殺動機。」米蘭德插進來。

「此外，」馬丁・貝克加上一句，「你自己也說過，那個地區盡是奇怪的藏身處和陰暗的出租公寓；或許他就住在其中一個跳蚤窩裡。還是回到基本的問題：史丹斯壯在公車上幹什麼？」

他們沉默了至少一分鐘。隔壁房間的電話響個不停，他們不時會聽到聲音——剛瓦德・拉森或是隆恩的聲音。最後米蘭德說：「史丹斯壯在公車上能幹什麼？」

他們三個人都知道這問題的答案。米蘭德緩緩點頭，回答了自己的問題。

「史丹斯壯可以跟蹤。」

「對，」馬丁・貝克說，「那是他的專長。他技術高明而且頑固，可以一跟蹤就是接連好幾個星期。」

柯柏抓抓脖子說：「我記得，四年前他真把古塔運河船那案子的兇手惹毛了。」

「他引對方上了鉤。」馬丁．貝克說。

沒人接話。

「當時他就有這種本事，」馬丁．貝克說，「從那時起，他更有長進了。」

「對了，你問過哈瑪嗎？」柯柏突然說，「我是說，去年夏天我們挑懸案時，史丹斯壯選了什麼。」

「問了，」馬丁．貝克回答，「但一無所獲。史丹斯壯跟哈瑪討論過這件事，哈瑪當時提了一兩個建議——建議什麼他已經不記得。不過，因為年紀的關係所以就放棄了。不是因為案子的年代太過久遠，而是因為史丹斯壯太年輕。他不想辦自己十歲還在哈斯塔哈瑪玩官兵抓強盜那時發生的案子。最後他決定要看一下你調查的那起失蹤案。」

「他從沒來跟我說過。」柯柏說。

「我想他只是翻了卷宗。」

「可能。」

一片沉寂。再度由米蘭德打破。他站起來說：「嗯，我們說到哪裡了？」

「搞不清楚。」馬丁．貝克說。

「失陪一下。」米蘭德說著去上廁所。

他關上門之後，柯柏望著馬丁・貝克說：「誰要去探望烏莎？」

「你。這件事一個人去比較好，我們兩個裡面你比較適合。」

柯柏沒有回答。

「你不想去嗎？」馬丁・貝克問。

「不想。但我還是會去。」

「今晚？」

「我得先去辦兩件事。一件在瓦斯貝加，另一件在家裡。你打電話給烏莎，跟她說我大概七點半會到。」

•

一個小時後，柯柏回到帕連得路的自家公寓。時間是五點鐘，幾個小時前天已經黑了。

他的妻子穿著褪色的牛仔褲和格紋法蘭絨襯衫，正忙著為廚房的椅子刷漆，那是柯柏早就擱著不穿的襯衫。她捲起袖子，把下擺隨意在腰間打了個結。她的手掌、手臂和雙腳都沾了油漆，連前額上都有。

「脫掉。」他說。

她拿著油漆刷，動也不動地仔細地打量他。

「很急嗎？」她淘氣地說。

「對。」

她立刻認真起來。

「非得再去一趟不可？」

「對，必須去問話。」

她點點頭，把刷子放進油漆桶，擦了擦手。

「是烏莎，情況從各方面來說都會很棘手。」

「你需要打一劑預防針？」

「對。」

「小心身上別沾到油漆。」她說，解開襯衫鈕釦。

20

蒼鷺石區島坡街上的一棟房子外，一個雪人正站在那兒仔細研讀一張紙。濕透的紙已經開始解體；在紛飛大雪和黯淡的街燈光線中，他看不清上面的字跡。他似乎終於找對地方了。他像狗一樣抖動身體，走上台階，在前廊上使勁跺腳，然後按下門鈴。他撣掉帽子上的白雪，就這樣手拿著帽子等待著。

門打開幾吋，一位中年婦女朝外窺探。她穿著打掃用的罩衫和圍裙，手上沾著麵粉。

「警察，」這男人沙啞地說。他清清喉嚨繼續說道，「諾丁偵查員。」

女人焦慮地打量他。

「你有證件嗎？」最後她說，「我是說……」

他沉重地嘆了口氣，把帽子換到左手，解開大衣和外套鈕釦，拿出皮夾內的身分證。

女人警戒地望著他的一舉一動，彷彿認為他會拿出炸彈、機關槍還是保險套似的。

他舉起證件，女人從門縫裡瞇著眼睛查看。

「我以為警探都有警徽。」她懷疑地說。

「有，這位太太，我有。」他沮喪地說。

他的警徽放在褲子後口袋內。他不知道在不放下帽子、或是不將之戴回的情況下，能否騰出手去拿。

「哦，我想身分證應該就可以了。」女人勉強說道。「蘇斯法？你大老遠從北邊來找我？」

「我在這裡也有其他事要處理。」

「抱歉，但是你知道……我是說……」她顯得不知所措。

「怎麼樣，太太？」

「我是說，現在這種世道，謹慎一點總沒錯。你不知道……」

諾丁想知道，到底該拿手上的帽子怎麼辦。大雪繼續下著，雪花在他的禿頭上融化了。他總不能這樣一直一手拿著證件、一手拿著帽子站在這裡。他可能要做筆記什麼的。把帽子戴回頭上似乎最實際，但此舉可能稍顯失禮；把帽子放在台階上又未免太過可笑。或許他應該問問能否進去屋內。可是，這麼一來，這位女士就得回答可或不可；如果他的判斷沒錯，她可能要花上許久時間才能決定。

在諾丁的家鄉，人人都會邀請陌生人進入廚房，請他們喝咖啡，在爐子邊暖暖身子。他認為這是個實際的好風俗。或許在大城市裡不適合吧。他收拾起散漫的思緒，說道：「你打來的時候，曾提到一個男人，還有修車廠，是嗎？」

「非常抱歉打攪你們……」

「哦，我們非常感激。」

她轉頭望向屋內，幾乎把門給關上。顯然她惦記著烤箱裡的脆薑餅。

「非常高興，」諾丁喃喃自語，「是啊，欣喜若狂，開心到難以承受。」

女人再度打開門，「你說什麼？」

「呃，那間修車廠──」

「就在那邊。」

他順著女人的視線望去。

「我什麼也沒看見。」

「從樓上看得很清楚。」女人說。

「那個男人呢？」

「嗯，那個人有點奇怪。我有好幾個星期沒看到他了。一個黑皮膚的矮個子。」

「你經常注意那間修車廠嗎？」

「我從臥房窗口就看得見。」

她紅起臉來。我又做錯什麼事了？諾丁思忖。

「修車廠是外國人開的。各種各樣奇怪的人都會在那兒出入。我想知道的是……」

諾丁不知道是她話沒說完，還是接下來的聲音太小他聽不見。

「這個黑皮膚的矮男人有什麼奇怪之處？」

「這個嘛……他會笑。」

「會笑？」

「對，笑得非常大聲。」

「你知道修車廠現在裡邊有沒有人嗎？」

「不久前還亮著燈。剛才我上樓時看見的。」

諾丁嘆了口氣，戴上帽子。

「我去那裡看看好了。多謝你，這位太太。」

「你……要不要進來？」

「不了，謝謝。」

她把門多打開了幾吋，很快瞥了他一眼，貪婪地說：「有沒有賞金？」

「什麼賞金？」

「呃……我不知道。」

「再見。」

他蹣跚地朝女人所指的方向走去。感覺好像有人在他頭上敷了個熱水袋似的。那個女人立刻把門關上，現在八成已經站在臥房窗口觀望了。

這間獨棟的小修車廠牆壁是纖維混凝土，屋頂是波浪狀的鐵皮。至少可停下兩輛車。門口上方有盞電燈。

他打開雙扇門的其中一扇，走了進去。

裡面停著一輛綠色的史庫達Octavia，一九五九年的車款。諾丁心想，這台車的引擎耗損要是還不算糟，至少仍值四百克朗。他的警察生涯有不少時間都花在追查失竊的汽車和可疑的車輛買賣上。這輛車以低矮的支架撐起，引擎蓋掀開。有個人躺在車身底下，動也不動，全身只露出穿著藍色工作服的雙腳。

死了吧，諾丁心想。他走近車身，伸出右腳輕踹這個人。

車底的人像是觸電似地嚇了一跳，立刻爬出來。他右手拿著手電筒，驚訝地瞪著來客。

「警察。」諾丁說。

「我有合法文件。」那人很快說道。

「毫無疑問。」諾丁反擊。

這間修車廠的主人大約三十歲，身材削瘦，棕色眼睛，深色頭髮呈波浪狀，還留著仔細梳理過的鬢角。

「你是義大利人？」諾丁這麼問。除了芬蘭口音之外，他對外國口音完全不熟。

「瑞士，瑞士德語區，格勞賓登州。」

「你的瑞典話說得很好。」

「我在這裡住了六年了。有何貴幹？」

「我們在找你的一個朋友。」

「誰？」

「我們不知道他的名字。」

諾丁打量著這個身穿工作服的男子。「他沒你這麼高，但是比較胖一點。黑頭髮留得滿長的，棕色眼睛，年約三十五歲。」

那人搖頭。

「我沒有這樣的朋友。我認識不多人。」

「認識的人不多。」諾丁和藹地糾正他。

「對，『認識的人不多』。」

「但我聽說修車廠這裡常常有不少人。」

「都是開車來的傢伙。他們要我修車。」他努力地想了一下解釋道：

「我是修車工人，在還……環狀路的修車廠工作。現在只去上午。所有的德國人和奧地利人都知道我有這間修車廠，他們會過來要我免費修車。許多人我根本不認識。斯德哥爾摩很多這樣的人。」

「嗯，」諾丁說，「我們要找的這個人穿著黑色尼龍外衣，米色西裝。」

「跟我說也沒用。我不記得有這樣的人，我確定。」

「你的朋友是些什麼人？」

「朋友？幾個德國人和奧地利人。」

「今天他們有人來過嗎？」

「沒有。他們都知道我在忙。我都在修這個，沒日沒夜的。」

他油膩的大拇指指向那輛車。

「耶誕節前要修好，這樣我才能開回家看爸媽。」

「開回瑞士？」

「對。」

「好長一段路。」

「對。這輛車我只花了一百克朗，但我會修好，我技術棒。」

「你叫什麼名字？」

「霍斯特。霍斯特・迪耶克。」

「我叫伍夫。伍夫・諾丁。」

瑞士人微微一笑，露出完美的白牙。他似乎是個正直而且好相處的年輕人。

「所以，霍斯特，你不知道我說的人是誰？」

迪耶克搖頭。

「不知道，抱歉。」

諾丁並不失望。他問到的不過是眾人預料的結果。若非線索稀少，這種情報根本不會有人去調查。但他還沒打算放棄，而且他也不想立刻回去跟那些穿著濕衣服、不友善的人群一起擠地鐵。這個瑞士人顯然努力想幫忙。他說：

「沒有別的了嗎？我是說，關於那個人。」

諾丁想了一下。最後他說：

「他笑得很大聲。」

瑞士人立刻臉色一亮。

「啊，我想我知道了。他笑起來就像這樣。」

迪耶克張開嘴，發出高亢的聲音，又尖又刺耳，像是鷸的叫聲。

這完全出乎諾丁的預料。過了十秒，他才能開口，「對，或許吧。」

「對，對，」迪耶克說，「我知道你說的是誰了。一個矮小、黑皮膚的傢伙。」

諾丁滿懷期待。

「他來過這裡四、五次，可能還更多。但他的名字我不知道。他跟一個想賣零件給我的西班牙人一起來。他來過好幾次，但我沒買。」

「為什麼？」

「太便宜了。我想是偷來的。」

「那個西班牙人叫什麼名字？」

迪耶克聳聳肩。

「不知道。帕可，帕布羅，帕吉托，諸如此類的。」

「他開什麼車？」

「好車。富豪，亞馬遜車款，白色的。」

「這個會笑的人呢？」

「完全不知道，他只坐在車裡，我想他喝了幾杯。當然他沒開車。」

「他也是西班牙人嗎？」

「我想不是。應該是瑞典人，但我不知道。」

「他是多久前來的？」

這樣說聽起來不太對。諾丁打起精神。

「他上次過來是什麼時候？」

「三個星期……還是大概兩星期前，我不確定多久。」

「那次之後，你還見過那個西班牙人嗎——叫帕可什麼的那個？」

「沒有。我想他回西班牙去了。他需要錢，所以才來兜售，他是這麼說的。」

諾丁思索了一下。

「你說這個傢伙好像喝醉酒。你覺得他有沒有可能是嗑了藥？」

對方聳肩。

「不知道，我以為他喝了酒。但是，嗑藥？好吧，有何不可？這裡幾乎每個人都這樣。不出去偷東西的時候就躺在垃圾堆裡吸毒，不是嗎？」

「你不知道他叫什麼名字，或其他人怎麼叫他？」

「不知道。不過有幾次車子裡有個女孩子，我想是跟他一夥的。很高壯，長長的金髮。」

「她叫什麼名字？」

「不知道。但是他們叫她……」

「什麼？」

「『金髮莫琳』吧。」

「你怎麼知道？」

「我以前在城裡看過她。」

「城裡的哪裡？」

「戴湼街的一家咖啡館，靠近斯維爾路。外國人都去那裡，她是瑞典人。」

「金髮莫琳？」

「對。」

諾丁想不出還能問什麼。他懷疑地望著那輛綠車說：「希望你平安到家。」

迪耶克充滿魅力地一笑。

「我會的。」

「你什麼時候回來？」

「不回來了。」

「永遠不回來？」

「不回來。瑞典不是好國家，斯德哥爾摩是爛城市，只有暴力、毒品、小偷、酒精。」

諾丁一言不發。他傾向同意他最後一項說法。

「很悲慘，」瑞士人總結道，「但外國人要賺錢很容易。其他一切都沒希望。我和三個人住在同一個房間，一個月付四百克朗。你們怎麼說——敲詐？很惡劣。只不過因為房子不夠住。只有有錢人和罪犯上得起餐廳。我把錢都存起來。我要回家去，自己開間小修車廠，成家立業。」

「你在這裡沒遇見喜歡的女孩子？」

「瑞典女孩子不值得要。或許留學生之類的可以認識些好女孩。平凡的勞工就只認識一種女孩，像金髮莫琳那樣的。」

「哪一種？」

「妓女。」

他把「妓」字唸成「雞」。

「你是說你不想花錢？」

霍斯特・迪耶克噘起嘴。

「許多都不用錢。反正都是妓女，免費的妓女。」

諾丁搖頭。

「霍斯特，你只見過斯德哥爾摩，真可惜。」

「其他地方比較好嗎？」

諾丁用力點頭。然後他說：「關於那個傢伙，你還記得別的嗎？」

「不記得了。只記得他這樣笑。」

迪耶克再度張嘴發出那種尖銳的叫聲。

諾丁點頭告辭離去。

他在最近的一盞路燈下停住腳步，掏出筆記本。

「金髮莫琳，」他咕噥道。「垃圾堆，免費的妓女。我還真是挑了個好工作。」

這不是我的錯，他心想，是老爹逼我的。

有個男子沿著人行道走來。諾丁舉起覆滿雪的氈帽，開口說：

「對不起，你可以——」

那人充滿疑心地瞥了他一眼，弓起背急急走開。

「——可以告訴我地鐵站在哪裡嗎？」諾丁對著飛舞的雪花喃喃說著。

他搖搖頭，在筆記本上潦草寫下幾個字。

帕布羅或帕可。白色富豪亞馬遜車款。戴涅街—斯維爾路咖啡館。笑聲。金髮莫琳。免費的妓女。

然後，他將紙筆收進口袋，嘆了口氣，離開街燈的光暈。

21.

柯柏站在烏莎．托瑞爾位於柴豪夫路的公寓門外。時間已是晚上八點，雖然先前已做了萬全準備，但現在他還是覺得憂慮恍惚。他右手抓著那個在史丹斯壯的辦公桌抽屜裡找到的紙袋。門口黃銅名牌上方仍放著寫有史丹斯壯名字的白色卡片。

門鈴似乎不會響，他照著自己的老習慣用拳頭捶門。烏莎．托瑞爾立刻把門打開，瞪著他說：「好了，好了，我來了。看在老天的份上，可別破門而入。」

「抱歉。」柯柏喃喃道。

公寓屋裡很暗。他脫下大衣，打開玄關的燈。那頂舊警帽仍跟上次一樣，掛在帽架上。門鈴的電線被扯斷了，懸在門框旁邊。

烏莎．托瑞爾順著他的視線望去，喃喃說：「一群白痴不斷來吵我。記者、攝影、還有天知道其他的什麼鬼。門鈴響個不停。」

柯柏沒有說話。他走進客廳，坐在一張帆布椅上。

「你不開燈嗎？這樣至少我們能看見對方。」

「我看得很清楚。好吧，如果你要，如果你要的話，我當然可以開燈。」

她打開燈，但沒有坐下。她焦躁地走來走去，像是一頭想逃脫的籠中困獸。

屋子裡的空氣既沉又悶，菸灰缸已經好幾天沒清了，整個房間亂七八糟，似乎完全沒打掃過。透過打開的門，他看見臥房內也是一團亂，床當然沒鋪。他從走道還能瞥見廚房，水槽裡堆滿沒洗的鍋碗瓢盆。

他望著眼前這個年輕女子。她走到窗邊，迴身朝臥房走去。她瞪著床鋪數秒，再度轉身回到窗邊。週而復始。

柯柏得一直把頭轉來轉去，才能看著她，簡直像是在看網球賽。

自從他上次看見烏莎・托瑞爾，至今已經過了十九天，她在這期間已然有了改變。她腳上仍穿著同一雙灰色滑雪厚襪——至少是類似的一雙，但這次襪子上沾滿菸灰，頭髮沒梳理，而且糾纏打結。她眼神渙散，雙眼底下有黑眼圈，嘴唇乾燥龜裂。她的兩隻手靜不下來，左手食指和中指內側都被尼古丁燻成了黃褐色。桌上有五包開封的菸，她抽的菸是Cecil，丹麥品牌。歐格・史丹斯壯生前完全不抽菸。

「你有什麼事？」她粗啞地說。

她走到桌旁，從一包菸中甩出一根，以顫抖的手點燃，把燃燒的火柴直接丟在地上。然後她說：「當然沒事，就跟那個白痴隆恩一樣，坐在那裡咕咕噥噥、搖了兩個小時的頭。」

柯柏沒有應聲。

「我要拔掉電話線。」她突然宣布。

「你沒去上班？」

「請病假。」

柯柏點點頭。

「真蠢，」她說，「公司有自己的醫生。那傢伙說，我該到鄉下或是出國靜養一個月，然後他開車送我回來。」

她深吸一口菸，彈掉菸灰，但菸灰大部分都掉在菸灰缸外。

「那是三個星期前的事，」她說，「我不如乾脆照常上班還比較好。」

她猛然轉身走到窗旁，望著底下的街道，一邊扯著窗簾。

柯柏如坐針氈。這情況比他想像中的還糟糕。

「你有什麼事？」她頭也不回地再度問道。「看在老天份上，回答呀，說話呀！」

他得設法破解她的孤立。但要怎麼做呢？

他起身走到雕花的木頭大書櫃前面，瀏覽了一下架上的書，取出一本。這本書滿舊的，《刑事偵查手冊》，歐圖·溫多和阿訥·史文森合著，一九四九年印行。他翻過書名頁，朗讀出聲：

「『這是有編號的限量版書籍。這一本編號二〇八〇，屬於萊納·柯柏偵查員。本書為警員在犯罪現場工作的指南，這些工作通常十分困難，警員責任重大。本書內容均屬機密，因此作者要求每位擁有本書者注意，不要讓此書誤入他人手中。』」

「萊納·柯柏偵查員」，這幾個字是他自己很久以前寫下的。這是本好書，過去對他非常有用。

「這是我的舊書。」他說。

「那你拿回去啊。」她回道。

「不用，我幾年前就送給歐格了。」

「哦。那至少這不是他偷來的。」

他一面翻閱，一面思忖該說什麼話，該怎麼辦。書裡某些段落有他當初劃下的重點，他發現有人在兩處書頁的邊緣用原子筆打了勾，兩者都在〈性謀殺案〉這一章。

性謀殺案罪犯（虐待狂）通常是性無能者，在這種情況下，其凶殘的犯罪乃是為了獲得性滿足的異常行為。

有人——無疑是史丹斯壯——在這一句下面劃了線。他在旁邊做了個驚嘆號，寫著「或者相反」。

同一頁稍微往下一點，有一段開頭是：「性謀殺案中的被害人可能在以下情況中遭到殺害」，史丹斯壯在這段裡挑出兩點：「4.在性行為之後，以免被指控」，以及「5.由於震驚的影響」。

他在書緣寫下自己的意見：「6.擺脫被害人，可是這樣還算性謀殺案嗎？」

「烏莎，」柯柏說。

「什麼事？」

「你知道這是歐格什麼時候寫的嗎？」

她走到他身邊，瞥了一眼，然後說：「不知道。」

「烏莎，」柯柏又說。

她把抽到一半的菸塞進爆滿的菸灰缸，站在桌旁，雙手在腹前交握。

「到底是怎麼回事？」她惱怒地問。

柯柏仔細打量她，嬌小的她看起來十分悲慘。今天她穿著短袖的藍罩衫，而不是毛衣。她手臂上起了雞皮疙瘩，儘管罩衫像一大塊布鬆垮垮地掛在她纖瘦的軀體上，她的大乳頭還是清楚地在布料下突起。

「坐下。」他命令道。

她聳聳肩，又拿了一根菸，走到臥房門口，一面撫弄著打火機。

「坐下！」柯柏吼叫。

她嚇了一大跳地望向他，棕眼幾乎閃爍著恨意。儘管如此，她還是走到他對面，坐進扶手皮椅，渾身僵直，雙手放在大腿上。她右手抓著打火機，左手還拿著未點燃的菸。

「我們得把所有的牌全攤出來。」柯柏困窘地偷看了棕色紙袋一眼。

「太棒了，」她以冰冷清澈的聲音說，「只是我沒有牌可攤。」

「但是我有。」

「哦？」

「上次我們來的時候沒有跟你坦白說。」

她皺起眉頭。

「哪方面不坦白？」

「好個幾方面。首先我問你，你知道歐格在那班公車上做什麼嗎？」

「不知道，不知道，不知道！我——不——知——道。」

「我們也不知道。」柯柏說。

他停頓了一下，然後深吸一口氣，繼續說：

「歐格對你撒謊。」

她的反應非常激烈，雙眸閃閃發光，雙手緊握成拳。那根菸被她捏爛了，碎屑落在長褲上。

「你怎麼敢說這種話！」

「因為真是這樣。歐格沒上班——星期一遇害那天他沒值班，前一個週六也沒有。他整個十月休了非常多假，十一月的前兩週也都在休假。」

她啞口無言地瞪著他。

「這是事實。」柯柏繼續說，「我想知道的另一件事是：他是否在不執勤時也習慣帶著槍？」

她過了一會兒才回答：

「去死吧，別一直用你的偵訊策略煩我。偉大的偵訊官馬丁·貝克為什麼不自己來？」

柯柏咬住下唇。

「你是不是一直在哭？」他問。

「沒有，我不是那種人。」

「那麼看在老天的份上回答我。我們得互相幫助才行。」

「幫助什麼？」

「逮到那個殺死他和其他人的傢伙。」

「為什麼？」

她沉默地坐著，然後以小到幾乎聽不見的聲音說：「報仇。當然是要報仇。」

「歐格平常也帶槍嗎？」

「是的，常常隨身攜帶。」

「為什麼？」

「為何不？到頭來他果然需要啊，不是嗎？」

他沒有答話。

「還真幫上了大忙。」

柯柏依然不發一語。

「我愛歐格。」她說。

這聲音清晰且實際。她的目光落在柯柏身後某處。

「烏莎？」

「什麼事？」

「所以歐格常常不在。你不知道他在幹什麼，我們也不知道。你覺得他可能是和別人在一起嗎？我是說別的女人？」

「不會。」

「你認為不可能？」

「我不用認為，我知道。」

「你怎麼知道？」

「那是我的事。我就是知道。」

她突然望入柯柏眼中，驚訝地說：「你們以為他有情婦嗎？」

「是的，我們還是覺得有這個可能。」

「那你們可以放棄了，完全沒這回事。」

「為什麼？」

「我說過了，這不干你的事。」

柯柏的指尖在桌面上噠噠敲著。

「你確定？」

「對，我確定。」

他再度深吸一口氣，像是要鼓起勇氣。

「歐格對攝影有興趣嗎？」

「有。這大概是他沒再踢足球之後的唯一嗜好了。他有三台相機，廁所裡還有一個放大設備。他把浴室當成暗房。」

她驚訝地望著柯柏。

「你為什麼問這個？」

他把紙袋推過桌面給她。她放下打火機，顫抖的手從紙袋中拿出照片，看了最上面一張便滿臉通紅。

「你們在哪裡……哪裡找到的？」

「在瓦斯貝加警局他的辦公桌抽屜裡。」

「什麼！在他的辦公桌？」

她用力眨了幾次眼，突然問道：「有多少人看過？全瑞典的警察？」

「只有三個人。」

「誰？」

「馬丁，我和我老婆。」

「葛恩？」

「對。」

「你為什麼要給她看？」

「因為我要過來你這裡。我希望她知道你看起來是什麼樣子。」

「我看起來是什麼樣子？我們看起來是什麼樣子？歐格和——」

「歐格死了。」柯柏的聲調毫無表情。

她的臉依然脹得火紅，脖子和手臂也是。她的前額浮現小滴汗珠，剛好在髮線底下。

「照片是在這裡照的？」他問。

她點點頭。

「什麼時候？」

烏莎．托瑞爾緊張地咬著下唇。

「大概三個月前。」

「我猜這是他自己拍的？」

「當然。他有……各種各樣的攝影裝備，自動定時器、腳架什麼的。」

「他為什麼要照這些照片？」

她仍舊臉紅冒汗，但是聲音比較穩定了。

「因為我們覺得好玩。」

「他為什麼把照片放在辦公桌裡？」

柯柏短暫地停頓了一下。

「你知道嗎，他的辦公室裡沒有任何私人物品，」他解釋道，「唯獨這些照片。」

漫長的沉默。最後她慢慢地搖頭說：「我真的不知道。」

該換話題了，柯柏心想。他大聲說：「他到哪裡都帶著槍嗎？」

「幾乎隨時都帶著。」

「為什麼？」

「他喜歡。最近都這樣。他對武器很有興趣。」

她似乎在思索什麼。突然間，她起身快速走出客廳。沿著短短的走廊，柯柏看見她走進臥室去到床邊。她把手伸到亂七八糟的枕頭底下，遲疑地說：「這裡……有一把手槍……」

許多人曾被柯柏稍嫌肥胖的體型和遲鈍的外表所騙，其實他的體能非常好，反應速度更是快得驚人。

烏莎・托瑞爾還俯身向著床鋪，柯柏就已經來到她身邊，從她手中奪下槍械。

「這不是手槍，是一把美國左輪，柯特點四五，長槍管，叫做『和事佬』，這名字真荒謬。而且還上了膛，扳開保險栓了。」

他打開槍膛退出子彈。

「好像我不知道似的。」她喃喃道。

「而且還是達姆彈，」他說，「這就算在美國都是被禁的。這是最最危險的小型武器，你可以拿它射死大象；如果你在五碼的距離內對人射擊，子彈會打出湯盤大的傷口，人會飛到十碼外。你是從哪裡弄來這玩意兒的？」

她困惑地聳聳肩。

「歐格那裡，一直都是他的。」

「一直放在床上？」

她搖頭，靜靜地說：「不是。是我……現在他……」

柯柏把子彈放進褲子口袋，左輪槍口對著地板，扣下扳機。卡嗒的聲響在安靜的公寓裡迴盪。

「扳機還銼光過，發射起來更快、更容易。危險得要命，要是你在睡著時翻個身……」

他沒說下去。

「最近我沒怎麼睡。」她說。

「嗯，」柯柏自言自語，「他一定是在以前沒收武器的時候暗槓了這東西。根本就是偷來的。」

他打量這把又大又重的左輪，用手掂著重量。他瞥向女孩的右手腕。跟小孩子的一樣細。

「我能理解他的想法，」他咕噥道，「如果你對武器很著迷……」

他突然拉高聲音。

「但我不迷武器，」他叫道，「我恨這東西。你聽清楚了嗎？這種骯髒的東西根本不應該存在。所有武器都不該存在。有人製造這種東西，而大家把這些玩意藏在抽屜裡或是帶著上街，這正顯示整個世界都變態、瘋狂了。有些狗娘養的靠製造和買賣軍火賺大錢，那就像靠製造毒品或致命藥物賺錢一樣。你明白嗎？」

她望著他，表情已截然不同，眼神清澈而直接。

「去坐下，」他簡潔地說，「我們要談談。這很嚴肅。」

烏莎・托瑞爾沒有回話，她直接走回客廳，坐在扶手椅上。

柯柏走到玄關，把左輪放在衣帽架上。他脫去西裝外套和領帶，解開襯衫領口的釦子，捲起袖子。然後他走進廚房，燒水泡茶，把茶杯端進來放在桌上；再清掉菸灰缸，打開一扇窗，坐下。

「首先，我想知道你說『最近』是什麼意思。你說最近他喜歡隨身帶槍。」

「噓──」烏莎說。

十秒鐘後，她加上一句：「等等。」

她把腿收起來，穿著灰色滑雪襪的腳靠在扶手椅邊緣，雙手環抱住腳脛，動也不動地坐著。

柯柏等著。

說精確點，他等了十五分鐘，在這期間她看也沒看他一眼，兩人都沒說一個字。最後，她望入他眼中說：「怎麼樣？」

「你覺得如何？」

「沒比較好，但感覺不一樣了。你要問什麼就問吧，我保證會回答，什麼都回答。不過，我想先知道一件事。」

「什麼？」

「所有的事你都告訴我了嗎？」

「沒有，」柯柏回道，「但我現在會告訴你。我之所以過來，是因為我不相信官方的說法

——史丹斯壯剛好倒楣碰上一個集體謀殺犯。你保證他沒有在外面耍花招，無論你是基於什麼而這樣相信，我也不認為他搭上那輛公車是為了去找樂子。」

「那你認為是怎樣？」

「你從一開始就是對的。你說他在工作。他是以警察的身分在工作，但不知為何不願意告訴任何人，無論是對你還是對我們。有一種可能是他已跟蹤某人很長一段時間，那個人最後憋不住殺了他。雖然我自己認為這個說法沒什麼說服力。」他停頓了一下。「歐格非常善於跟蹤，他覺得那很有趣。」

「對，這我知道。」

「跟蹤有兩種，」柯柏繼續道，「你可以盡量祕密地跟著一個人，查出他要幹什麼；或者公開跟著他，逼他狗急跳牆，自曝其短。這兩種方法史丹斯壯比我認識的任何人都來得精通。」

「除了你之外，還有任何人這麼覺得嗎？」

「是的。至少貝克和米蘭德也認為是這樣。」

他抓抓脖子。

「但這個論點也有一些缺陷。我們暫且不提。」

她點點頭。

「你想知道什麼？」

「我也不確定，我們得邊摸索邊進行。我不是完全理解你說的話。例如你說他最近都帶槍，他喜歡。這最近是何時？」

「四年多前，我剛認識歐格的時候，他還是個小男孩。」她平靜地說。

「怎麼說？」

「他很害羞，而且幼稚。但他三個星期前身亡的時候，已經長大了。他不是因為和你及貝克共事才成長的，他是在這裡成熟的，在這家裡。我們第一次在一起的時候——在房間那張床上——手槍是他最後脫掉的東西。」

柯柏揚起眉毛。

「他沒脫襯衫，」她說。「而且把槍擺在床邊小桌上。我嚇了一大跳。老實說，當時我甚至不知道他是警察，還以為自己跟不知什麼樣的瘋子上了床。」

她嚴肅地望著柯柏。

「我們不是一見鍾情，但第二次見面就戀愛了。那時我才恍然大悟。當時歐格二十五歲，我剛滿二十。不過，我們兩個當中要是有誰稱得上是大人，或者說，勉強算是成熟，那個人就是我。他之所以帶著槍走來走去，是以為這樣就能成為硬漢。我說過他很幼稚，看見我裸身躺在床上，跟白痴一樣瞪大眼睛看著一個穿襯衫配著槍帶的男人，這讓他非常愉快。他很快就沒再這樣了，只是到了那個時候帶槍已經成了習慣。而且他對武器有興趣……」

說到一半，她突然問道，「你很勇敢嗎？我是說在現實中很勇敢？」

「我沒有特別勇敢。」

「歐格在現實生活中其實是個懦夫，雖然他盡一切努力克服這一點。手槍給了他一種安全感。」

柯柏提出抗議。

「你說他長大了。他是個警察，從專業角度來看，讓自己被跟蹤對象從背後賞你一槍，這可不是大人做的事。我說過，我認為這令人難以置信。」

「沒錯。」烏莎同意。「我也絕對不相信。有些地方說不通。」

柯柏思索了一會兒，然後說：「事實可能是這樣：他在查某件案子，但沒有人知道是什麼。我不知道，你也不知道，對嗎？」

「對。」

「他有出現任何改變嗎？在這件事發生之前？」

她沒有回答，但舉起左手梳理了短短的黑髮。

「有。」最後她說。

「怎麼個改變法？」

「很難說清楚。」

「這些照片跟他的改變有關嗎？」

「我想應該有。」

她伸手把照片翻過來看。

「要跟任何人談這件事，需要一定程度的信賴，我不確定我對你可以這麼放心，」她說，「但我會盡力而為。」

柯柏的掌心開始冒汗，他在褲管上抹了幾下。角色互換了，現在她很平靜，緊張的卻是他。

「我愛歐格，」她說，「打從一開始就是。但我們在房事上不怎麼契合，在步調和性質上都不一樣，我們的需求不同。」

烏莎深深地打量他。

「但那樣還是可以很幸福。可以學習的，你知道嗎？」

「不知道。」

「我們就是明證。我們學會了。我想你應該明白。」

柯柏點頭。

「貝克就不會懂，」她說，「隆恩或其他我認識的人也不會明白。」她聳聳肩。「總之，我們學會了。我們互相調適，非常圓滿。」

柯柏有一下子沒在用心聽。他從未想過有這種可能性存在。

「這很難，」她說，「我得解釋一下才行。如果不解釋，我就無法說清楚歐格如何改變。就算我告訴你許多私生活的細節，你也不一定能抓住重點。但是我希望你可以。」她咳了一聲，以實事求是的聲調說：「我這一兩個禮拜抽太多菸了。」

柯柏感覺得到事情即將有所轉變，他突然微笑起來，烏莎・托瑞爾也回他一笑，有一點苦澀，但仍是個微笑。

「我們趕快把話說完，」她說，「越快越好。不幸的是我滿害羞的。很奇怪吧？」

「一點也不奇怪，」柯柏說，「我也害羞得要命。這是每個人情感的一部分。」

「在遇見歐格之前，我以為自己是個花痴什麼的。」她急急說道，「然後我們戀愛了，學會了適應對方。我的確很努力嘗試，歐格也是，我們成功了。我們在一起非常完美，比我夢想中的還要好。我忘記自己的性需求比他強，一開始我們談過一兩次性慾的問題，而後就沒再談過。根本不必談。我們在他想做愛的時候做愛，大概是一週一兩回吧，最多三次。我們非常滿足，沒有其他需要。也就是說，我們並沒有像你所謂的不忠於對方。但是——」

「去年夏天，突然之間……」柯柏說。

她讚許地瞥了他一眼。

「正是。去年夏天，我們到馬瑤卡島上渡假。我們不在那時，城裡發生一件非常棘手的大案子。」

「對，公園連環謀殺案。」

「我們回家時，案子已經偵破了。歐格很不爽。」

她停頓了一下，然後再次快速流暢地接著說，「這聽起來很糟糕，但我先前說過的許多話，和接下來要說的話也同樣糟糕。事實，歐格是因為錯過參與偵查而覺得不爽。他的野心很大，大到幾乎堪稱過分。我知道他一直夢想能偵破一件其他人都忽略的大案子。此外，他比你們大家都來得年輕，而且初期他在工作上也常覺得都被大家頤指氣使的。我也知道，他認為你是最會欺負他的人之一。」

「恐怕他說得對。」

「他不怎麼喜歡你，比較喜歡貝克和米蘭德。但我並不這麼想，不過這無關緊要。在七月底或八月初的時候，他變了……突然變了，而且這改變讓我們的生活有了一百八十度的轉變。照片就是那時拍的。其實還有，還有幾十張。我說過我們的性生活有規律，而且很美好。但突然之間這規律打破了，而且打破的人還是他，不是我。我們……我們一起……」

「你是說做愛。」柯柏說。

「好吧。我們一天做的次數跟先前一個月的次數一樣多，有時候他甚至不讓我去上班。我不否認這是愉快的驚喜。我非常驚訝。我們同居已經四年多，但是……」

「繼續，」柯柏敦促。

她深吸一口氣。

「當然我覺得棒透了。他把我像手推車似地推著走，清晨四點把我搞醒，不讓我睡覺，不讓我穿任何衣服，不讓我去上班。甚至在廚房也不放過我，在水槽上做，在浴缸裡做，從前面，從後面，倒過來，在每張椅子上都做過。但他本身其實沒有真的改變，過了一陣子之後，我覺得他只是在我身上進行某種實驗。我問過他，但他只是笑。」

「笑？」

「對。這段期間他心情一直非常好。直到……嗯，直到他遇害。」

「為什麼？」

「這我不知道。但在我克服了最初的震驚之後，我就明白了一件事。」

「什麼事？」

「他把我當成實驗的天竺鼠。他知道我的一切，每一件事都知道。他知道可以不費吹灰之力就讓我飢渴得要命。我也知道他的一切。比方說，其實他不是真的特別感興趣，只是偶有性致罷了。」

「這樣持續多久？」

「直到九月中。那時他突然非常忙，開始一天到晚都不在家。」

「這實在說不通。」

柯柏穩穩地望著她，加上一句：「謝謝。你真是個好孩子，我喜歡你。」

她驚訝、懷疑地瞅了他一眼。

「他沒告訴你在辦什麼案子？」

她搖頭。

「連暗示都沒有？」

再度搖頭。

「你沒注意到任何特別的事情？」

「他常出門；我是說，不在家。這我不可能沒注意到。他回來的時候整個人總是又濕又冷。」

柯柏點點頭。

「我不只一次在半夜醒來，他常常在那時才剛回到家，躺進床裡時全身冷得跟冰棒一樣。他最後跟我提過的案子是九月初的那件，一個殺了妻子的男人，好像叫做畢耶穹。」

「我記得，」柯柏說，「家庭悲劇，非常簡單、平凡的故事。我不知道幹嘛要我們去查，這案子簡直是教科書上的範例。不幸福的婚姻、神經衰弱、吵架、金錢問題。最後男的算是失手殺了老婆。本來要自殺，但沒這個膽，就去跟警方自首。但你說的對，這案子的確由史丹斯壯負責，偵訊是由他進行的。」

「等等……偵訊的時候發生了某件事。」

「什麼？」

「我不知道。不過，有天晚上，歐格回家時心情非常愉快。」

「那沒什麼好愉快的。悲慘的故事，典型的社會福利國家犯罪。寂寞的男人，一心想出人頭地的老婆不停對他囉唆，因為他賺的不夠多，因為他們不能跟鄰居一樣買汽艇、買夏日渡假小屋和車子。」

「但在偵訊的時候，那個人曾對歐格說了些什麼。」

「是什麼？」

「我不知道，但他認為非常重要。當時我也問了跟你一樣的問題，但他只是笑著說我很快就會知道。」

「這是他用的字眼嗎？」

「『親愛的，你很快就會知道。』他是這麼說的，似乎非常樂觀。」

「怪了。」

他們沉默地坐了一會兒。然後柯柏振作起來，拿起桌上攤開的書說：「你知道這些注記是什麼意思嗎？」

烏莎．托瑞爾站起來，繞過桌子走近，把手放在他肩上看著這本書。

「溫多和史文森寫道：『性謀殺犯通常是性無能，經由暴力犯罪獲得滿足』。歐格在書頁邊緣寫『或者相反』。」

柯柏聳聳肩，「當然，他是說性犯罪者也可能是性慾過強。」

烏莎突然抽手。他抬起頭，驚訝地看見她又臉紅了。

「不，歐格不是這個意思。」她說。

「那他是什麼意思？」

「剛好相反。是女方，也就是受害者，可能因為性慾過強而送命。」

「你怎麼知道？」

「因為我們曾經討論過這件事。那個在古塔運河被謀殺的美國女孩。」

「羅絲安娜。」柯柏說。

他想了一會兒，然後補充道：

「但那時我還沒把這本書送給他。我記得這書是我在我們離開克里斯丁堡之前清理抽屜時找到的。那是之後很久的事了。」

「而他其他的注解似乎很不合邏輯。」她說。

「沒錯。他有沒有其他記東西的筆記本還是日記？」

「他身上不是帶著筆記本嗎？」

「是有，我們看過了，沒什麼重要的。」

「我搜過這裡。」她說。

「有找到什麼嗎？」

「不多，他沒有藏東西的習慣。不過他做事非常有條理，當然有備用的筆記本。在那邊桌上。」

柯柏站起來去拿筆記本。跟史丹斯壯口袋裡的是同一款。

「裡面幾乎什麼都沒有。」烏莎．托瑞爾說。

她拉下右腳的滑雪襪，搔著腳底。

她的腳纖細，弧度優雅，腳指長而直。柯柏瞅著她的腳，然後回頭看筆記本。她說的對，裡面幾乎什麼都沒有。第一頁上潦草寫滿那個名叫畢耶穹的可憐殺妻犯的事。

第二頁上面寫了三個字。是一個名字，莫理斯。

烏莎．托瑞爾望向筆記本，聳聳肩。

「一種車。」她說。

「或是美國的出版經紀公司。」柯柏回道。

她站在桌旁，看到那些照片。突然，她用力拍桌子，吼道：「至少，我要是懷孕就好了！」

然後她放低聲音。

「他說我們有的是時間，可以等到他升官以後。」

柯柏遲疑地朝走廊移動。

「有的是時間……」她喃喃道。

接著又說，「我該怎麼辦？」

他轉身說：「烏莎，這樣不行。來吧。」

她猛然旋身，凶惡地說：「來？去哪裡？上床？哦，好啊。」

柯柏望著她。

一千個男人裡，有九百九十九個看見的是一個蒼白削瘦、發育不良的女孩，身心狀況一團糟，手指被尼古丁燻黃，面目憔悴，儀容不整，套著鬆垮有污漬的衣服，一隻腳上穿著大了好幾號的滑雪襪。

萊納・柯柏看到的卻是一個身心複雜的年輕女子，雙眸閃閃發亮，雙腿之間充滿可能性，誘人、有趣、值得深交。

史丹斯壯是否也看見同樣的東西，或者，他也是那九百九十九人之一，只是運氣特別好？運氣好。

「我不是那個意思，」柯柏說，「跟我一起回家。我們家空間大，你自己獨處已經夠久了。」

她還沒上車，就哭了出來。

22.

諾丁走出西維爾路和法官路口的地鐵站，一股刺骨寒風迎面襲來。他沿著西維爾路快速往南走，風在他背後窮追不捨。他轉到戴涅街之後發現有擋風的地方，便放慢了腳步。一間咖啡館坐落在離街角大約二十碼處。他在窗外停下，朝內窺探。

櫃台後面，一個穿著制服的紅髮女人正坐著在講電話，那身制服的顏色是開心果仁的那種綠。除了她之外，咖啡館裡沒有其他人。

諾丁繼續往前走，越過火繩匠街，打量一幅掛在舊書店玻璃門內側的油畫。他站在那兒，苦思畫家究竟是要表現兩隻麋鹿、兩隻馴鹿，還是一隻麋鹿和一隻馴鹿時，聽到背後有個聲音說：

「*Aber Mensch, bist Du doch ganz verrükt?*」可是，天啊，你是不是徹底瘋了？

諾丁轉身，看見兩個人正在過街。他們走到對街的人行道上，諾丁終於看見那家咖啡館。他走進去時，方才那兩人正走下櫃台後面的螺旋梯。他跟了上去。

這地方滿是年輕人，音樂和人聲震耳欲聾。他四下張望，找尋空桌位，但顯然一桌難求。有一會兒，他猶豫著是否該脫下大衣和帽子，最後決定還是不要冒險。斯德哥爾摩的人都不能信任，他十分確定這一點。

諾丁打量著女性顧客。屋內有好幾名金髮女子，但沒有人符合金髮莫琳的模樣。此處似乎大多數都說著德語。一個顯然是瑞典人的削瘦棕髮女子旁邊有個空位。諾丁解開大衣釦子坐下，將帽子放在大腿上，心想，自己穿著縮絨厚呢大衣，戴著氈帽，看起來八成就像德國人。

他等了十五分鐘，女侍才過來招呼他。在此同時，他四下張望。棕髮女子的女性友人坐在桌子對面，不時警戒地瞅他一眼。

他攪動咖啡，偷瞥鄰座的女子。雖然希望渺茫，但他還是轉頭設法跟她說了一兩句斯德哥爾摩方言，希望人家會認為他是常客。

「你知道金髮莫琳今晚在哪兒嗎？」

棕髮女子瞪著他，然後微微一笑，越過桌子對友人說：

「伊娃，這個從北方來的傢伙在問金髮莫琳。你知道她在哪裡嗎？」

被問的女人望著諾丁，然後對隔壁桌叫道：

「有個條子在找金髮莫琳，你們知道她在哪裡嗎？」

「不——知——道。」隔桌的人異口同聲地說。

諾丁啜著咖啡，心情惡劣地想著，這些人怎麼知道他是警察。他搞不懂這些斯德哥爾摩人。

當他準備要上樓到賣糕點的一樓店面時，替他端咖啡的女侍走過來。

「聽說你在找金髮莫琳，你真的是警察嗎？」她問。

諾丁遲疑了一下，哀傷地點點頭。

「要是你能抓走那個賤人，就再好不過。我應該知道她在哪裡。她要是不在這裡，通常就會在鬥士廣場的另一家咖啡館。」

諾丁謝過她，走到寒冷的戶外。

金髮莫琳也不在另外那家咖啡館；所有的常客似乎都沒來。諾丁不甘願就這麼放棄，於是走到一個獨坐的女客旁邊，她正在翻閱一本骯髒、破舊的雜誌。她不知道金髮莫琳是誰，但建議他到國王街的一家葡萄酒餐廳找找。

諾丁沿著斯德哥爾摩可憎的街道蹣跚前進，再次希望自己要是待在蘇斯法的家裡就好了。

他的辛勞這回終於有了收穫。

他對迎上來要接過大衣的衣帽間侍者搖搖頭，站在餐廳入口處張望，接著幾乎立刻就看見她。

她骨架很大，但不顯胖。盤在頭上的金髮看起來像是染出來的。

諾丁確信她就是金髮莫琳。

她坐在靠牆的座位，面前有一只紅酒杯。她身邊坐著一名年紀大了許多的女人，鬈曲的黑色長髮凌亂地披在肩上，這並未讓她更顯年輕。絕對是免費的妓女，諾丁想著。

他觀察了這兩名女子好一會兒。她們沒有交談，金髮莫琳盯著手中把玩的酒杯。黑髮女人一直東張西望，不時賣弄風情地甩著長髮。

諾丁轉向衣帽間侍者。

「請問，你可知道坐在牆邊那位淑女的名字？」

那人看過去。

「淑女！」他嗤之以鼻。「她呀！我不知道她叫啥，但大家都叫她莫琳，胖莫琳之類的。」

諾丁將帽子和大衣交給他。

在諾丁走近時，黑髮女子充滿期待地抬頭看著他。

「抱歉，打攪了。」諾丁說。「我想和莫琳小姐說幾句話，如果她不介意。」

金髮莫琳瞥了他一眼，啜了一口酒。

「說什麼？」她問道。

「關於你的一個朋友。」諾丁說。「也許我們該換到別桌，安靜地談談？」

金髮莫琳望著同伴，他急急加上一句：

「當然，要是你這位朋友不介意的話。」

黑髮女人拿起桌上的酒壺，添滿自己的杯子，然後起身。

「我可不想打攪你們。」她不悅地說。

金髮莫琳一言不發。

「我去跟朵拉坐，」女人說，「拜了，莫琳。」

她帶著酒杯，往另一邊的桌位走去。

諾丁拉出椅子坐下。金髮莫琳期待地望著他。

「我是伍夫．諾丁偵查員。你或許能幫上警方的忙。」

「哦，是嗎？」金髮莫琳說。「什麼事？你說是我的一個朋友？」

「對。我們希望你能提供一點關於這個人的情報。」

金髮莫琳若有所思地看著伍夫．諾丁。

「我可不會告別人的密。」她說。

諾丁拿出一包菸遞給她。她抽出一根，諾丁替她點上。

「並不是要你告密。」他說。「幾個星期以前，你和兩個男人一起坐著一輛白色的富豪亞馬遜，到蒼鷺石區一家修車廠。這修車廠位在島坡街，老闆是一個名叫霍斯特的瑞士人；開車的是個西班牙人。你記得嗎？」

「假設我記得好了，」金髮莫琳說，「那又怎樣？尼瑟和我只是要告訴這個帕可怎麼去修車廠，所以才跟他一起去的；反正他現在已經回西班牙了。」

「帕可嗎？」

「對。」

她喝完杯中的酒，把壺中剩下酒液全倒出來。

「我請你喝點什麼好嗎？」諾丁問。「再來一點紅酒？」

她點點頭，諾丁對女侍示意。他點了半壺紅酒和一杯啤酒。

「尼瑟是誰？」他問。

「當然是跟我一起在車裡的人，你自己剛剛才說過。」

「是，但他的全名叫什麼？他是做什麼的？」

「他叫猶朗松，尼爾斯・伊利克・猶朗松。我不知道他是做什麼的。想想也好幾個禮拜沒見到他了。」

「為什麼？」諾丁問。

「呃？」

「你為什麼好幾個禮拜沒見到他？你們之前不是常碰面嗎？」

「我們可沒結婚，不是嗎？我們甚至連固定交往都沒有，只是有時會一起出去。或許他又認識了別的女人，我哪知道？反正我有好一陣子沒見過他了。」

「你知道他住在哪裡嗎？」諾丁問。

「尼瑟？不知道。他似乎居無定所。有一陣子他待在我那兒，然後又跟一個在南區的朋友擠了一會兒，但我想他現在也不住那裡了。我真的不知道。就算我知道，也可能不會告訴條子。我不會打任何人的小報告。」

諾丁喝了一口啤酒，和藹地望著對面這名高大的金髮女子。

「你用不著打小報告，小姐——對不起，你的全名是？」

「我根本不叫莫琳。」她說。「我叫瑪達蓮娜．洛西恩。大家叫我金髮莫琳，因為我的頭髮很金。」她摸著自己的頭髮。「你幹嘛要找尼瑟？他幹了什麼事嗎？我如果不知道究竟是怎麼回事，就不會回答任何問題喔。」

「當然。我會告訴你，你能幫上警方什麼忙。」伍夫．諾丁說。

他喝完啤酒，擦擦嘴。

「能否再問你一個問題？」他說。

她點頭。

「尼瑟平常穿怎樣的衣服？」

她皺起眉頭，想了一會兒。

「大部分時間都穿西裝，」她說，「那種米黃色布包釦子的。襯衫，鞋子，短褲，跟其他男人沒兩樣。」

「他有沒有大衣？」

「我不覺得那算大衣。那種黑色、薄薄、尼龍料子的。你為什麼問這個？」

她疑惑地望著諾丁。

「這個嘛，洛西恩小姐，他可能已經死了。」

「死了？尼瑟？但是……為什麼……你為什麼說『可能』？你怎麼知道他死了？」

伍夫・諾丁取出手帕，擦擦脖子。餐廳裡很暖和，他覺得全身發黏。

「事情是這樣的，」他說，「警方的停屍間裡有一具無名屍，無法辨識身分，這名死者有可能就是尼爾斯・伊利克・猶朗松。」

「他怎麼死的？」金髮莫琳懷疑地問。

「他在那輛公車上，想必你也從報上知道這件事。他被打中頭部，應該是立即死亡。你是我們目前找到唯一和猶朗松比較熟的人，因此，你明天要是能到停屍間認屍，我們會非常感激。」

她驚恐地瞪著諾丁。

「我？去停屍間？絕對免談！」

•

週三上午九點，諾丁和金髮莫琳在湯特柏得街的鑑識醫學中心下了計程車。馬丁．貝克在現場已經等了十五分鐘。他們一起走進停屍間。

在草草畫上的妝容底下，金髮莫琳的臉色蒼白。她的面容浮腫，金髮跟前夜一樣，一絲不苟地盤在頭上。

諾丁得在她家外面的走道上等她準備出門。等他們走到街上時，諾丁注意到，在餐廳昏暗的光線中，她看起來還比在朦朧的晨光下像樣一點。

停屍間的工作人員已經準備好，督察帶他們進入冷凍室。

遺體慘遭子彈肆虐的臉上蓋著白布，但沒有遮住頭髮。

金髮莫琳抓住諾丁的手臂，低聲說：「老天爺啊。」

諾丁扶住她寬闊的背部，讓她走近。

「看清楚，」他靜靜地說，「你認不認識這個人。」

她摀住嘴，望著眼前的裸屍。

「他的臉怎麼了？」她問，「我不能看他的臉嗎？」

「你會慶幸自己不必看。」馬丁·貝克說。「這樣你應該還是可以認得出來。」

金髮莫琳點點頭。然後她放下摀著嘴的手，再度點頭。

「對，」她說，「對，這是尼瑟。那些疤痕，還有……是他沒錯。」

「謝謝你，洛西恩小姐。」馬丁·貝克說。「現在我們到警局總部去喝杯咖啡好嗎？」

面色慘白的金髮莫琳和諾丁靜靜地坐在計程車後座。她不時喃喃道：「老天爺，真可怕。」

馬丁·貝克和伍夫·諾丁請她喝咖啡，吃甜麵包；過了一會兒，柯柏、米蘭德和隆恩也過來加入。

她很快就恢復精神，顯然不單是因為喝了咖啡而已，有這麼多人關心她、鼓勵她，當然也產生了奇效。她順從地回答他們的問題，離開之前還跟大家握手說：「真是的，我做夢也沒想到，條──警察竟然會是這麼可愛的甜心。」

門關上後，這句話讓他們想了一會兒。然後，柯柏說：「甜心們，咱們來總結一下如何？」

他們做了總結：

尼爾斯．伊利克．猶朗松。

三十八或三十九歲。

從一九六五年或更早之前起，就沒有固定工作。

一九六七年三月到一九六七年八月，和瑪達蓮娜．洛西恩（金髮莫琳）在斯德哥爾摩K區勞工路三號同居。

之後到同年十月中，在南區和蘇訥．別厄克共住。

死亡之前數週行蹤不明。

有毒癮，抽菸，能弄到手的玩意全吞下或打進靜脈。可能也販毒。

患有淋病。

瑪達蓮娜．洛西恩最後一次見到他是十一月三號或四號，在當博餐廳外。十一月十三號穿著跟當時同樣的西裝和外衣。

身上不尋常地帶有大筆現金。

23.

於是，在所有偵查公車謀殺案的人當中，諾丁是第一個得到勉強稱得上還算有建設性成果的人。不過，就算這一點，大家也是意見分歧。

「好吧，」剛瓦德·拉森說，「就算現在我們知道那個流浪漢的名字，那又如何？」

「嗯……呃……呢啊……」米蘭德沉思地咕噥。

「你是在嘀咕什麼？」

「這個猶朗松從來沒被逮捕過，但我似乎記得這個名字。」

「哦？」

「我想，他曾經和某件案子有點關係。」

「你是說你偵訊過他？」

「不是。要是那樣，我會記得。我從來沒跟他說過話，應該也沒見過他。但這個名字，尼爾斯·伊利克·猶朗松，我以前曾經聽過。」

米蘭德望向空中，抽著菸斗吞雲吐霧。

剛瓦德・拉森兩隻大手在面前亂揮。他反對抽菸，菸霧讓他反感。

「我對那個混蛋阿薩森比較有興趣。」他說。

「我應該想得起來。」米蘭德說。

「我相信。如果你沒有先因為肺癌早登極樂的話。」

剛瓦德・拉森起身走進馬丁・貝克的辦公室。

「這個阿薩森的錢是從哪兒弄來的？」他問。

「不知道。」

「他的公司是幹嘛的？」

「進口一堆垃圾，任何可能賺錢的玩意，從起重機到塑膠耶誕樹都有。」

「塑膠耶誕樹？」

「對，近年來這很好賣。真是不幸。」

「我費力查出了這些先生和他們公司近幾年來的繳稅記錄。」

「然後呢？」

「稅金只有你我繳的金額的三分之一。我一想到那寡婦家裡的裝潢……」

「怎樣？」

「就很想申請去搜他們的辦公室。」

「理由？」

「不知道。」

馬丁．貝克聳聳肩。剛瓦德．拉森走向門口，他在門前停下說：「那個阿薩森不是好東西。他的弟弟八成也好不到哪兒去。」

不久後，柯柏出現在門口。他看起來既疲倦又沮喪，眼裡滿是血絲。

「你在忙什麼？」馬丁．貝克問。

「我在聽史丹斯壯偵訊畢耶穹的錄音帶，那個宰了老婆的傢伙。花了一整晚。」

「然後呢？」

「一無所獲，什麼都沒有，除非我疏忽了。」

「這總是可能的。」

「還真謝謝你好心提醒。」柯柏沒好氣地叫道，砰地甩上門。

馬丁．貝克的手肘撐在桌邊，雙手捧住頭。

今天已經是十二月八日星期五了。凶案發生至今已過了二十五天，但偵查毫無進展。事實上，整個偵查團隊已經露出敗象，每個人都緊抓著自己的最後一根稻草。

米蘭德正絞盡腦汁回想他在哪裡聽過尼爾斯・伊利克・猶朗松這個名字。

剛瓦德・拉森在懷疑阿薩森兄弟是怎麼賺到大錢的。

柯柏則想搞清楚，史丹斯壯在偵訊心理失衡的殺妻犯畢耶穹時，究竟發現了什麼值得高興的好事。

諾丁則想建立起猶朗松、集體謀殺案和蒼鷺石區一家修車廠之間的關聯。

伊克深入研究了紅色雙層公車的技術層面；現在除了電路和雨刷控制之外，完全無法跟他說別的。

梅森接收了剛瓦德・拉森棄置的想法，認為既然默罕穆德・布席是阿爾及利亞人，那麼他一定扮演了某種重要角色；他已經有條不紊地偵訊了全斯德哥爾摩的阿拉伯僑民。

馬丁・貝克滿腦子想的都是史丹斯壯：他暗地裡是在辦什麼案子，是否在跟蹤某人，而那個某人殺了他——這個理論似乎難以服人。一個算是頗有經驗的警察真的會讓自己遭跟蹤對象射殺？而且還是在公車上？

隆恩的腦袋裡翻來覆去的，都是舒利死前幾秒鐘在醫院說的話。

他在這個週五下午，才跟分析錄音帶的瑞士廣播公司的聲波專家談過。

專家花了不少時間分析，現在似乎有了結論。

「可供分析的資料還真少，」他說，「不過，我已經達成了一些結論。要聽嗎？」

「是的，麻煩你。」隆恩說。

他把話筒移到左邊，伸手拿筆記。

「你是北方人，對嗎？」

「對。」

「值得注意的並非問題，而是回答。首先，我除去所有背景噪音，呼呼、滴答聲之類的。」

隆恩拿著筆做好準備。

「關於第一個答案，回答是誰開的槍，我們可以清楚聽到四個子音——d，n，r，和k。」

「對。」隆恩說。

「進一步分析顯示，在這些子音之間和之後，有某些母音和雙母音。例如在d和n之間，有e或是i。」

「Dinrk。」隆恩說。

「是的。沒受過訓練的人聽起來差不多是這樣，」專家道，「此外，我認為可以聽到那個人在k之後發出了非常微弱的ｏｏ（發長音u）音。」

「Dinrk oo。」隆恩說。

「對，有點像這樣。雖然ｏｏ不是重音。」

專家停頓了一下，然後他若有所思地說：「這個人情況很糟糕，對嗎？」

「對。」

「他可能很痛苦。」

「非常可能。」隆恩同意。

「要是這樣，」專家輕鬆地說，「就可以解釋他為何會說ｏｏ了。」

隆恩點點頭，隨手記下。他用筆端戳著自己的鼻尖，繼續傾聽。

「然而，我確信這些聲音的確組成了一個句子，有好幾個字的句子。」

「什麼樣的句子？」隆恩問，筆尖靠著紙。

「很難說。非常難說。例如『dinner reckon』（晚餐認為）或是『dinner record, oo』（晚餐記錄，唔）。」

「dinner record, oo〈晚餐記錄，唔〉？」隆恩驚愕地說。

「當然這只是舉例。至於第二個回答——」

「Koleson（庫列松）？」

「哦，你覺得聽起來像是那樣？真有趣。我不覺得。我判斷在k之前有個1，他回答你兇手的長相時，說的是兩個字『like』（像），然後說『oleson』（歐列松）。」

「oleson（歐列松）？這是什麼意思？」

「可能是個人名……」

「像『歐列松』？」

「正是。你的1音發得也很重，可能是相似的方言。」

聲波專家沉默了幾秒，然後繼續說：

「大概就這樣了。當然，我會送一份書面報告過去，還有帳單。但我想這要是很緊急，還是先打個電話來給你比較好。」

「非常感謝。」隆恩說。

他放下話筒，望著筆記沉思。

仔細考慮過後，他決定不要向上級長官報告；至少現在還不要。

柯柏抵達小長島*時，時間不過下午兩點四十五分，但天色此時已經全黑。他覺得自己又冷又慘。監獄的環境也沒讓他開心一點，空盪盪的會客室既破舊又淒涼。他陰沉地在室內走來走去，等待他要見面的囚犯現身。這個名叫畢耶穹的殺妻犯，已經接受過鑑識心理學單位徹底的心理檢查，等時候到了就能轉往某種療養院，不必再蹲苦牢。

大約十五分鐘後，門打開了。身著深藍色制服的獄警讓一個矮小、半禿、年約六十歲的男人進來。那人一進門就停下，微微一笑，禮貌地鞠躬。柯柏迎向前，跟他握手。

「我是柯柏。」

「我是畢耶穹。」

這個男人很親切，很容易交談。

「史丹斯壯巡佐？哦，我當然記得。真是個好人，請替我致意。」

「他死了。」

「死了？我不相信……他只是個孩子。出了什麼事？」

「我就是要跟你談這個。」

柯柏詳細解釋了自己來訪的緣由。

「我仔細聽過整捲錄音帶的每一個字。但我想你們在喝咖啡閒聊的時候，應該就沒有錄音了吧？」

「是沒有。」

「但那時你們還有在聊天嗎？」

「有，至少大部分時候都有。」

「聊什麼？」

「什麼都聊。」

「你記得史丹斯壯當時有什麼特別感興趣的話題嗎？」

男人苦苦思索，然後搖頭。

「我們只是隨便閒聊，東扯西扯。特別感興趣的？會是什麼？」

「我就是不知道啊。」

柯柏拿出向烏莎借來的筆記本給畢耶穹看。

「這有讓你想起什麼嗎？他為什麼寫『莫理斯』？」

男人立刻臉色一亮。

＊　小長島（Langholmen），斯德哥爾摩眾多島嶼之一。島上的監獄已在一九七五年關閉。

「我們一定是在聊車。我有一輛莫理斯八型，大的那種。我的……太太覺得很丟臉。她說鄰居全都在開新車，她坐這種老破爛車是如何丟臉……」

他快速地眨著眼，沒有說下去。

柯柏很快結束了談話。獄警帶走犯人之後，一個穿著白袍的年輕醫生走進房間。

「你覺得畢耶穹如何？」他問。

「似乎是個好人。」

「是啊，」醫生說，「他是好人，只要幹掉他娶的那個老巫婆他就滿足了。」

柯柏嚴厲地瞪著他，把東西收進口袋走人。

•

時間是週六晚上十一點半，剛瓦德・拉森雖然穿著厚大衣、毛皮帽、滑雪褲和滑雪靴，但還是覺得冷。他站在戴涅街五十三號門口，只有警察才能站得像他這麼挺。他出現在這裡是有目的的，要在黑暗中看見他並不容易。他在這裡已經站了四小時，而且這還不是第一個晚上，而是第十或第十一個。

他決定在某幾扇窗子熄燈後就要回家。將近午夜時，一輛掛著外國車牌的灰色賓士在對街的房子門口停了下來，有個男人下車，從打開的後車箱取出一只手提箱。他走過人行道，打開大門的鎖走進屋內。兩分鐘後，一樓亮燈，映出兩扇窗上的百葉簾。

剛瓦德．拉森很快大步過街。兩星期以前他打了一把能打開臨街大門鎖的鑰匙。他走進玄關，脫下大衣，整齊地掛在大理石樓梯的扶手上，把毛皮帽子放在其上。他解開上衣釦子，握住腰間佩槍的把手。

他知道眼前這扇門是往裡開。他瞪著門五秒鐘，心想：要是我沒有說得過去的理由直接衝進去，就算是逾越權限，可能會被停職，甚至開除。

接著他一腳把門踢開。

督勒．阿薩森和那個從外國車上下來的男子一人一邊站在桌前。套句陳腔濫調，他們的表情看起來彷若晴天霹靂。放在兩人之間的手提箱才剛打開。

剛瓦德．拉森，揮舞手槍示意他們閃一邊去，心裡繼續剛才在屋外的思緒：反正無所謂，大不了再出海就是。

剛瓦德．拉森左手拿起電話，撥了警方的號碼，右手的槍未曾放下。他什麼也沒說，另外兩個人也一語不發。沒啥好說的。

手提箱裡有二十五萬顆叫做「瑞塔林那」的毒品。黑市價值一百萬瑞典克朗。

•

剛瓦德·拉森在週日凌晨三點回到波莫拉的公寓住處。他是單身漢，獨居。他一如往常在浴缸裡泡了二十分鐘，才換穿睡衣上床。他拿起睡前讀物，一本瑞克特·費區*的小說，但才看了一分鐘他就把書放下，拿起電話。

他的電話是白色的Ericofon機種。他把一體成型的機身翻過來，底部朝上，撥了馬丁·貝克的號碼。

剛瓦德·拉森規定自己，在家裡絕不想工作的事；他印象中也不曾在睡前打過公事電話。鈴聲不過兩響，馬丁·貝克就接起來。

「你聽說阿薩森的事了嗎？」

「聽說了。」

「我剛才有個想頭。」

「什麼？」

「我們可能都搞錯了。史丹斯壯一定是在跟蹤亞斯塔・阿薩森。兇手一石二鳥，幹掉阿薩森和跟蹤他的人。」

「對，」馬丁・貝克同意，「你說的可能有道理。」

剛瓦德・拉森錯了。儘管如此，他卻讓偵查方向步上了正軌。

* 瑞克特・費區（Øvre Richter Frich, 1872—1945），挪威記者、報社編輯，犯罪小說作家。是北歐在兩次世界大戰之間最受喜愛的犯罪小說作者。

24.

連續三天晚上，伍夫・諾丁都在城裡晃來晃去，試圖接觸斯德哥爾摩的黑社會，進出金髮莫琳告訴他猶朗松常去的啤酒吧、咖啡館、餐廳和舞廳。

他有時會開車。週五晚上，他坐在車裡，盯著眼前的瑪麗廣場。不過，除了兩個坐在另一輛車子裡盯著他的人以外，現場沒有其他出奇之處。他不認識那兩個人，但猜想大概是本區的巡邏便衣或緝毒小組。

這些明察暗訪並沒有進一步發掘出尼爾斯・伊利克・猶朗松的新情報。然而白天他設法去補充金髮莫琳提供的資料。他去找了戶政事務所、教區登錄冊、海員仲介所和此人的前妻——她住在玻堯斯，說快二十年沒見過這個前夫，幾乎都忘了他的存在。

週六上午，他帶著少得可憐的發現向馬丁・貝克報告，然後坐下來寫了封長而哀怨、充滿渴望的信給人在蘇斯法的妻子。他不時內疚地瞥隆恩和柯柏一眼，他們倆正努力地敲著打字機。

馬丁・貝克進來時，他信還沒來得及寫完。

「是哪個白痴叫你到城裡去的？」他焦躁地說。

諾丁快速地把一份報告蓋在信上。他才剛寫道：「馬丁．貝克的脾氣一天比一天更古怪、易怒……」

柯柏抽出打字機上的紙，說道：「是你。」

「什麼？是我？」

「對，是你。就在上週三金髮莫琳來過之後。」

馬丁．貝克帶著難以置信的表情望著柯柏。

「怪了，我完全不記得。叫一個不知怎麼去史提勒廣場的北方人辦這種事，真是蠢。」

諾丁像是被冒犯了，但也只能承認馬丁．貝克說得對。

「隆恩，」馬丁．貝克說，「你最好快點找出猶朗松都在哪裡出沒，跟誰在一起，做什麼。找找看那個叫做別厄克的傢伙，或者曾經跟他合住過的人。」

「好。」隆恩說。

隆恩正忙著列出舒利最後遺言的可能內容。他在頂端寫著：「Dinner record（晚餐記錄）」，底下則是最新的版本：「Didn't reckon（不認為）」。

每個人都比先前更忙於自己特殊的執著了。

經過輾轉難眠的一夜，馬丁·貝克在週一上午六點三十分起床。他覺得有點反胃，而且在廚房跟女兒一起喝了可可後，也沒讓情況好轉。其他家人毫無聲息。他的妻子早上一向睡得很死，兒子顯然像她，幾乎每天上學都遲到。但英格麗六點半就起床，七點四十五分出門，一成不變。英雅曾說可以拿她對時。

英雅喜歡說些陳腔濫調，若將她每天日常生活中說的話蒐集起來，可以湊成一本書，賣給剛出道的記者。那像是某種摘要。當然，書名就叫：「如果你會說話，就能寫作」，馬丁·貝克心裡這麼想著。

「爸，你在想什麼？」英格麗問。

「沒什麼。」他不假思索地回道。

「自從今年春天開始，我就沒見你笑過了。」

馬丁·貝克本來正看著桌布上一長串的耶誕巧克力餅，這時，他抬眼望望女兒，試圖微笑。英格麗是好孩子，但他實在沒什麼可以笑的。她離開餐桌去收拾書包。等他戴好帽子，穿上大衣和橡膠套鞋時，她的手已經放在門把上等他了。馬丁替她拿著黎巴嫩製的皮書包。書包已經很舊，上面滿是俗麗的ＦＮＬ商標。

這也是他們的習慣。九年前，英格麗第一天上學時，他就替她拿書包，到現在依然如此。當時他還牽著她的手。小小的手溫暖、潮濕，因為興奮和期待而微微發顫。他是從何時開始沒牽她的手？他記不得了。

「反正耶誕夜你會笑的。」她說。

「真的嗎？」

「對，等你收到我的耶誕禮物以後。」

她皺起眉頭說，「非笑不可，不笑不行。」

「對了，你想要什麼禮物？」

「一匹馬。」

「你要把馬養在哪裡？」

「我不知道。但還是要。」

「你知道一匹馬要多少錢嗎？」

「很不幸，我知道。」

他們分道揚鑣。

在國王島街等著他的是剛瓦德．拉森，和一項甚至稱不上是猜謎遊戲的偵查行動——哈瑪兩天前這麼說過。

「督勒．阿薩森有不在場證明嗎？」剛瓦德．拉森問。

「這個督勒．阿薩森的不在場證明是犯罪史上最滴水不漏的範例。」馬丁．貝克回道。「案發當時，他正在索德拉來的城市飯店，對著二十五個人發表餐後演說。」

「嗯。」剛瓦德．拉森陰沉地咕噥著。

「此外，容我大膽說一句，若以為亞斯塔．阿薩森竟然看不出親弟弟在大衣下藏著衝鋒槍上了公車，這也未免太不合邏輯。」

「對，大衣，」剛瓦德．拉森說，「如果藏得了M37，那麼這件大衣一定很寬鬆。這是說，如果槍不是放在箱子裡的話。」

「這你倒說得對。」馬丁．貝克說。

「我偶爾也有對的時候。」

「算你走運，」馬丁．貝克反駁，「前晚你要是搞錯了，我們現在可就慘了。」

他用香菸指著剛瓦德．拉森說：「你總有一天要出紕漏的，剛瓦德。」

「我懷疑。」

剛瓦德・拉森大步走出房間。他在門口遇上柯柏，後者很快讓到一邊，瞥了他寬闊的背部一眼說：「這個會走路的攻城肉槌是怎麼啦？不爽？」

馬丁・貝克點頭。柯柏走到窗邊看出去。

「老天爺。」他咆哮道。

「烏莎還住在你們家嗎？」

「對，」柯柏回答，「別說『你是不是在養後宮？』，拉森先生剛才已經這麼問過了。」

馬丁・貝克打了個噴嚏。

「老天保佑你。」柯柏說。「我差點就要把他扔到窗外。」

大概也只有柯柏能辦得到吧，馬丁・貝克心想。他大聲說：

「謝謝。」

「你謝我幹嘛？」

「因為你說『老天保佑你』。」

「哦。這年頭敝國已經沒有多少人會說謝謝了。有個攝影記者把老婆打得又青又紫，然後剝光她的衣服，把人趕到雪地裡，只因為他說『老天保佑你』的時候，老婆沒有回說謝謝。這還是發生在除夕夜裡的事呢！當然這男的喝醉了。」

柯柏沉默地站了一會兒，然後疑惑地說：「我懷疑還能再從她身上問出什麼。當然，我是說烏莎。」

「不必費力了。我們已經知道史丹斯壯在查什麼案子。」馬丁・貝克說。

「是嗎？」柯柏目瞪口呆。

「正是。特蕾莎謀殺案。清楚明白得很。」

「特蕾莎謀殺案？」

「對。你沒發覺嗎？」

「沒發覺。」柯柏說。「我還把過去十年每一件案子都想過了。你為何不早說？」

馬丁・貝克若有所思地咬著原子筆，看著他。他們倆都在想著同一件事，柯柏說了出來。

「光靠心電感應是沒辦法溝通的。」

「的確。」馬丁・貝克說道。「此外，特蕾莎案是十六年前的事，你完全沒參與。從頭到尾都是斯德哥爾摩市警局處理的。我想，當時的人員現在還在這裡的，只有伊克一個了。」

「但是，你把所有報告全都看過了？」

「沒有，只是瞄一下，總共好幾千頁。卷宗全都在瓦斯貝加，要不要去看看？」

「好啊，我的記憶需要複習。」

在車裡，馬丁・貝克說：「你能回想起的部分，或許能讓我們了解史丹斯壯為何會選特蕾莎案來查。」

柯柏點點頭。

「是的，因為對他而言，這是最困難的案子。」

「正是。不可能的案子裡最不可能的一件。他要一勞永逸地證明自己的能力。」

「然後他就把自己送去餵子彈了。」柯柏說。「老天，真是笨啊。你是怎麼發現這關聯的？」

馬丁・貝克沒有回答，他們也就沒有繼續交談。在歷經諸多艱險延宕之後，他們終於到達瓦斯貝加，把車停在南區總局外的雪泥中。然後，柯柏說：「那特蕾莎案現在能破了嗎？」

「現在別想這些。」馬丁・貝克答道。

25.

柯柏懊惱地嘆了口氣，不耐煩地亂翻堆在眼前的卷宗。

「要花一個星期才看得完。」他說。

「至少一星期。你知道案件的實際情況嗎？」

「不知道，連大概輪廓都不知。」

「應該留有一份概要。不然，我可以大概說給你聽。」

柯柏點點頭。馬丁．貝克挑出一兩頁：「案情很清楚，非常簡單，所以才這麼困難。」

「說吧。」柯柏道。

「一九五一年六月十日早上，也就是超過十六年前，一個男人在找他的愛貓時，在國王島上史德哈根運動場附近的矮樹叢裡發現一具女屍。屍體赤裸地趴著，雙手放在身側。驗屍結果顯示她遭人勒斃，死亡大概五天。屍體保存得很好，顯然曾經放在冷凍庫或類似的地方。所有證據都指向性謀殺，但由於時間已經過了許久，法醫找不到任何死者曾經遭到性侵害的確切痕跡。」

「總而言之就是性謀殺案。」柯柏說。

「是。另一方面，犯罪現場的鑑識結果顯示，死者在現場的陳屍時間不可能超過十二小時；這點稍後由證人證實——證人在前一天晚上曾經過樹叢旁，當時要是有屍體，不可能沒看見。此外，纖維和織物分析發現，她是被裹在灰色毯子裡搬運的，因此犯罪第一現場並不在陳屍處，遺體只是被丟進樹叢而已，也幾乎沒有用落葉殘枝掩蓋。大概就是這樣……不對，我差點忘了，還有兩件事：她在死前數小時都沒有進食；兇手也沒有留下腳印或任何蛛絲馬跡。」

馬丁·貝克翻過幾頁，瀏覽打字機打出的內容。

「當天，死者就被人指認出是特蕾莎·卡馬拉歐，二十六歲，生於葡萄牙。她在一九四五年來到瑞典，同年嫁給昂瑞克·卡馬拉歐，也是葡萄牙人。他比特蕾莎大兩歲，曾經是商船的無線電技術人員，但後來上了岸，找到無線電技師的工作。特蕾莎·卡馬拉歐在一九二五年生於里斯本，根據葡萄牙警方的資料，她出身於受人尊敬的好人家，中上階級。她是來瑞典唸書的，但因為戰爭之故，所以來遲了一些。沒唸出什麼名堂，遇見昂瑞克·卡馬拉歐之後就嫁了。他們沒有孩子，家境富裕，住在索爾街。」

「是誰去指認她的？」

「警方。確切來說，是風化小組。她生前最後兩年在風化單位可是大大有名。一九四九年五月十五號——當時剛好有確切的日期——她的生活完全走樣。特蕾莎離家出走——這裡寫的——開始在底層混。簡言之，特蕾莎・卡馬拉歐成了妓女。她是個花痴，在那兩年間跟幾百個男人上過床。」

「這我記得。」柯柏說。

「現在是最精采的部分。警方在三天內就找到三個證人，在發現屍體的前一天晚上十一點半時，他們看見有輛車停在國王島街通往棄置屍體小徑的入口旁。這三個證人都是男性。其中兩人是開車經過，另外一人步行。開車的兩個證人同時還看見有個男人站在車旁，身邊地上有個大小與屍體相近的東西，用似乎是灰色的毯子裹著。第三個證人在幾分鐘後經過，只看到車子。他們對這個男人的描述很模糊：當時下著雨，那個人站在陰影裡，只能確定是男性，而且很高。進一步追問證人『很高』是什麼意思，他們說，大概是五呎九吋到六呎一吋之間，也就是本國百分之九十男性的身高。不過……」

「嗯，不過什麼？」

「關於那輛車，三個證人的說法都一致。都說那是法國車，雷諾的4CV，一九四七年問世，每年都原封不動重新推出。」

「雷諾4CV，」柯柏說，「這是保時捷被法國人以戰犯身分監禁時設計的車款。他們把他關在工廠的門房小屋裡，他就坐在那裡畫設計圖，然後我想他就被釋放了。法國人用那輛車賺了好幾百萬。」

「你對各種不同領域的廣泛知識還真是令人吃驚。」馬丁・貝克諷刺地說。「現在你能告訴我，特蕾莎案和史丹斯壯四週前在公車上被集體謀殺犯射殺有什麼關聯嗎？」

「等等，」柯柏說，「當年發生什麼事？」

「斯德哥爾摩警方進行了本國前所未見的大規模調查。真的非常龐大，你自己看看就知道。幾百個認識特蕾莎・卡馬拉歐，或是曾經和她有過接觸的人都接受了偵訊，但無法確定在她生前最後見到她的人是誰。她在屍體被人發現的前一星期就完全失蹤。她在新橋路一家旅館和一個男人共度一夜，隔天十二點三十分在山姆街上一家酒館外跟他分手。就這樣。在這之後，警方找到每一輛雷諾4CV。首先是在斯德哥爾摩，因為證人說車牌是A開頭。接著警方調查了全瑞典每一輛這種型號的車，因為車牌有可能是偽造的。這花了將近一年時間。最後，警方確實證明，全國沒有一輛雷諾4CV在一九五一年六月九號十一點三十分曾停在史德哈根。」

「嗯，這麼一來……」柯柏說。

「正是。這麼一來，整個偵查行動便完全停頓，辦完了，結束了。唯一沒處理好的是特蕾莎・卡馬拉歐被謀殺了，但沒人知道是誰幹的。特蕾莎案最後的垂死掙扎是在一九五二年，當時丹麥、挪威和芬蘭的警方都通知我們，那輛天殺的車不是從他們那兒來的。在此同時，瑞典海關也證實，這輛車不可能來自海外任何國家。你大概還記得，當時汽車沒那麼多，想把車弄過邊境麻煩得要命，官樣文章一大堆。」

「我記得。那些證人……」

「同車的那兩個人是下班經過。其中一人是修車廠的工頭，另一個是修車技工。第三個證人對車子也很了解。他的職業是……你猜。」

「雷諾車廠的經理？」

「錯。警官，是交通問題專家。他叫卡爾勃，現在已經去世了。但就連這點我們也沒放過──當時就已經有證人心理學──這三人都接受了一連串的測試，要他們單獨辨認幻燈片上不同廠牌汽車的剪影。三人都辨認得出當時所有的車型，那個工頭甚至知道罕見的車種，像是Hispano-Suiza和Pegaso。警方畫出一輛根本不存在的車款都騙不過他。他說：『車頭是Fiat 500，車尾是Dyna Panhard。』」

「負責偵辦的人私底下怎麼想？」柯柏問。

「內部說法是這樣的：兇手就在這些卷宗裡，是和特蕾莎．卡馬拉歐睡過的眾多男人的其中之一，一時衝動之下勒死她；偵查失敗是因為有人在清查那些雷諾車的時候出了差錯，所以我們再查一次吧。然後又查了一次。接著，他們研判時間經過這麼久，所有線索應該都已經散失了。的確。他們還是認為在清查車輛的過程中不知哪裡有失誤，但現在再查已經太遲。基本上我也同意。除此之外別無解釋。」

柯柏沉默地坐了一會兒。然後他說：「一九四九年五月，你提到的那一天，特蕾莎出了什麼事？」

馬丁・貝克翻閱卷宗，說道：「她受到某種驚嚇，導致心理異常，身心皆陷入一種頗為罕見、但卻不是前所未有的病態。特蕾莎・卡馬拉歐在中上階級的家庭裡長大，父母和她都是天主教徒，她在二十歲出嫁時是處女。雖然她跟丈夫都是外國人，但過的是瑞典富裕中上階級的典型生活。他們倆共同生活了四年。特蕾莎內斂理智，性情溫和，她的丈夫認為他們的婚姻很幸福。這裡記載說，有個醫生說她是兩種環境下的純粹產物：嚴格的天主教中上階層與嚴格的瑞典中產階級，她承擔了兩者所有的道德禁忌，更別提兩者相加的後果。一九四九年五月十五日，她丈夫到北方出差，她跟一個女性友人去聽演講，遇見一個她朋友認識多年的男子。這個男人送她們回到卡馬拉歐位在索爾街的住處，這名女性朋友要在那裡過夜，因為她的丈夫也不在家。她們喝了茶，然後聊著演講內容，配上一杯紅酒。這個男人心情低落，因為他跟女朋友吵架——對了，在那之後不久，他就娶了這個女孩。當時他無所適從，他覺得特蕾莎很漂亮，事實上也是，於是開始跟她打情罵俏。女性友人知道特蕾莎是最道德、最貞節的女人，於是自己就先就寢。她睡在走廊的沙發上，可以聽見房內的動靜。那個男人要特蕾莎跟他上床，說了大概有十幾次，但特蕾莎一直拒絕。最後，這個男的把她從椅子上抱起來，走進臥房，脫光她的衣服跟她做愛。據我們所知，在此之前，特蕾莎．卡馬拉歐從未讓任何人看過她裸體，就連女性朋友也沒有。特蕾莎．卡馬拉歐從沒有過高潮經驗，但那天晚上她大概高潮了二十次。隔天早上，那個男的說聲『拜拜』就走了。接下來的一個星期，特蕾莎一天打十通電話給他，之後他就再也沒聽過她的消息。他和女朋友和好，結婚，生活十分美滿。這份卷宗裡大概記錄了十幾次他接受偵訊的內容。警方嚴厲地訊問他，但他有不在場證明，而且沒有車；此外，這個傢伙是個好男人，婚姻幸福，從未對太太不忠。」

「所以特蕾莎就開始像發情的母狗一樣到處亂跑？」

「對，真的是這樣。她離家出走，先生和她斷絕關係，所有的相識和朋友也都不再理她。她在兩年之內和十幾個不同的男人短期同居，跟十倍以上的男人有過性關係。她是個花痴，什麼都肯幹。起先她不收錢，但後來偶爾也會接受。當然，她始終沒遇到能受得了她的人，也沒有女性朋友。她就這樣從上流社會直直墮落到最底層。不到半年，她往來的人就都是我們所謂底層社會的成員了。同時，她也開始酗酒。風化小組知道特蕾莎這個人，但一直無法抓她。他們本來要以流浪罪逮捕她，但還沒行動她就死了。」

馬丁・貝克指著成堆的報告，繼續說下去。

「這些文件裡有一堆特蕾莎掌中獵物的偵訊記錄。這些男人接受偵訊時，都說特蕾莎貪得無饜，不停煩他們。大部分人都嚇得半死，特別是已婚出來打野食的男人。她認識很多小混混和半黑道人物、小偷、騙子、黑市販子之流。你也記得當時那些道上的傢伙。」

「她先生後來怎麼了？」

「他覺得自己的名譽和顏面蕩然無存。這也難怪。他改姓歸化為瑞典公民。遇見一位來自石得桑*的良家婦女，娶了她，生了兩個孩子，從此幸福快樂地住在林汀島的自宅。他的不在場證明跟凱瑟船長的船一樣滴水不漏。」

「誰？」

「你唯一一無所知的東西就是船。」馬丁・貝克說。「你要是看完那份檔案夾裡面的那個東西，就會知道史丹斯壯的靈感從何而來了。」

柯柏看了。

「老天爺！我從沒見過毛這麼多的小妓女。照片是誰照的？」

「一個對攝影有興趣的人，他的不在場證明同樣完美無缺，而且和雷諾車毫無關係。跟史丹斯壯不同的是，他賣這些照片挺賺錢的。你應該記得以前沒那麼多先進的色情刊物。」

他們沉默地坐了一會兒。最後柯柏說：「十六年前發生的事，跟史丹斯壯和其他八個人在公車上被打死有什麼關聯？」

「完全沒有。」馬丁・貝克答道。「我們只是又回到那個心理變態的瘋狂殺手身上。」

「那他為什麼沒說——」柯柏說到一半欲言又止。

「正是如此，」馬丁・貝克說，「現在這一切都有了解釋。史丹斯壯在翻懸案。他野心很大，但卻天真到選了最沒希望破解的疑案。如果他破了特蕾莎謀殺案，將會是石破天驚的壯舉。他沒跟我們說，因為他知道我們會有人笑他。他跟哈瑪說不想挑太舊的案子時，就已經選了這個了。特蕾莎・卡馬拉歐躺在停屍間那時，史丹斯壯才十二歲，可能連報紙都看不懂。他認為自己可以毫無偏見地來看這件案子。他仔細看過所有記錄。」

「有什麼發現嗎？」

「什麼都沒有，因為根本沒啥可發現的。所有線索都徹底詳查過了。」

「你怎麼知道？」

＊ 石得桑（Stocksund）是大斯德哥爾摩區域內一個偏北的小區域，距離市中心約六公里。此地居民多為上流階層的富裕人士。

馬丁・貝克嚴肅地望著柯柏：「因為，十一年前，我也幹過同樣的事。什麼都沒發現。而我並沒有烏莎・托瑞爾可做性心理實驗。你一告訴我烏莎的事，我就知道他在查什麼案子了，但我忘了你對特蕾莎・卡馬拉歐這案子並不熟。說到這個，其實在他抽屜發現照片時，我就該發覺的。」

「所以他是在進行某種心理實驗？」

「對，唯一能做的只有這個。找一個某方面跟特蕾莎相似的人，看看她會做何反應。這也是有點道理，尤其是家裡就有現成伴侶時。偵查行動可以說是毫無疏漏，要不然……」

「什麼？」

「我本來要說，要不然就得找靈媒了。但有個聰明的傢伙還真的找過，卷宗裡有。」

「但這並沒告訴我們他在公車上幹什麼。」

「是沒有，我們還是他媽的什麼都不知道。」

「我還是會去查幾件事。」柯柏說。

「好，去吧。」馬丁・貝克說。

柯柏找到了昂瑞克．卡馬拉歐。他現在叫做亨利可．卡姆，是個肥胖的中年人。他嘆了一口氣，懊惱地偷瞟了出身上流社會的金髮妻子，和穿著天鵝絨外套、留著披頭髮型的十三歲兒子一眼，說道：「我就永遠不得清靜嗎？今年夏天才有一個年輕警察來過……」

柯柏也查過了卡姆在十一月十三號晚上的不在場證明，毫無可疑之處。

他也找到十八年前替特蕾莎拍照的人，這人已經成了沒牙的老酒鬼，關在中央監獄長期刑區的牢裡。這個闖空門的傢伙嘴皺成一團說道：「特蕾莎，我記得呢，她的奶頭大得跟啤酒瓶蓋一樣。真奇怪，幾個月前，有另外一個條子……」

柯柏看了卷宗裡的每一個字，整整花了他一星期。一九六七年十二月十八日星期四晚上，他看完最後一頁，然後望向妻子。她已經睡著好幾個鐘頭了，滿頭凌亂黑髮，臉埋在枕頭裡。她趴著睡，右膝彎曲，毯子滑到腰際。他聽見客廳沙發的咯吱聲，烏莎．托瑞爾起身躡手躡腳地走到廚房喝水。她仍舊睡不安穩。

柯柏心想，這個案子的偵查沒有疏漏，沒有未經追查的疑點。但明天我還是要列個清單，列出誰被偵訊過、誰曾和特蕾莎．卡馬拉歐有過往來；再看看現在有誰還在，他們在做什麼。

26.

從有人在站前北路的公車上擊出六十七發子彈至今，已經過了一個月。背負九條人命的兇手至今依然逍遙法外。

不耐煩的不只是警務委員會、媒體和社會大眾而已，還有一群人也迫切希望警方盡快抓到兇手，這群人亦即一般通稱的「黑社會」。

平常忙著進行各種犯罪活動的人，在過去這一個月來被迫歇手。只要警方一直處於警戒狀態，他們最好還是低調一點。全斯德哥爾摩的竊賊、吸毒者、毒販、搶犯、私酒販和皮條客，無不衷心期盼這個殺人犯早日落網，這麼一來，警方就可以回去應付抗議越戰的群眾和違規停車的市民，好讓他們能繼續「工作」。

這結果就是，這次，這群人的利益和警方一致，大部分的黑道分子都不反對協助警方緝凶。

由於黑社會願意合作，隆恩在拼湊尼爾斯・伊利克・猶朗松這個人謎般的蛛絲馬跡的行動上，也因此容易許多。他很清楚黑道這份不尋常的好意背後的動機，但還是滿懷感激。

過去幾個晚上，他都在聯絡認識猶朗松的人。這些人分別待在違章建築、餐廳、啤酒吧、撞球場和寄宿公寓裡。並非所有人都願意提供消息，但許多人都樂於合作。

十二月十三號晚上，他在停泊於梅拉湖南路旁的駁船上遇見一個女孩，她保證次日晚上能讓他和蘇訥・別厄克碰頭；別厄克曾經讓猶朗松跟他同住了一兩個星期。

次日是週四，過去幾天只偷閒闔眼幾個小時的隆恩睡了整整半天。他在下午一點起床，幫太太收拾行李。他說服太太回阿耶普洛的娘家去過耶誕節，因為他覺得自己今年應該沒有多少空閒可慶祝耶誕了。

送太太搭上火車後，他開車回家，帶著紙筆在廚房餐桌旁坐下。他把諾丁的報告和自己的筆記本攤在面前，戴上眼鏡，開始振筆疾書。

尼爾斯・伊利克・猶朗松

一九二九年十月四日生於斯德哥爾摩的芬蘭教區

雙親：父，阿果・耶利克・猶朗松，電工；母，貝妮妲・郎特南。

父母在一九三五年離異，母親搬到赫爾辛基，孩子的監護權歸父親。

猶朗松和父親同住在河岸村城，直到一九四五年。

上了七年學校，之後兩年上專科學校，學習油漆技藝。

一九四七年搬到哥登堡，當油漆工的學徒。

一九四八年十二月一日，在哥登堡娶古德倫・瑪麗亞・史文松為妻。

一九四九年五月十三日離婚。

從一九四九年六月到一九五〇年三月，在斯維亞輪船公司的船上當普通水手。輪船公司主要從事波羅的海沿岸的貿易。一九五〇年夏天搬到斯德哥爾摩，受雇於阿曼德斯・古斯塔夫森的油漆公司，直到一九五〇年十一月因為在工作時喝醉酒而遭開除。從那時起，他似乎每下愈況。他打零工，做過夜間門房、跑腿打雜，服務生，倉管員等等，但可能是靠偷竊和其他不法行為維生。從未因涉嫌犯罪遭逮，卻有幾次因為醉酒鬧事而被告。有一陣子他以母親娘家的「郎特南」為姓。父親在一九五八年去世，一九五八到六四年間，住在河岸村城他父親的公寓。一九六四年遭驅逐，因為三個月沒付房租。

猶朗松似乎在一九六四年當中開始吸毒。從該年開始到他死時，都沒有固定住所。一九六五年一月他跟古麗・勒格蓮在卡爾船長巷三號同居，直到一九六六年春天。這段期間內，他和勒格蓮都沒有固定工作。勒格蓮在風化小組留有案底，但以她的年紀和外貌，應該不太可能從賣淫賺到多少錢。勒格蓮也有毒癮。一九六六年耶誕節，古麗・勒格蓮死於癌症，得年四十七。一九六七年三月初，猶朗松遇見瑪達蓮娜・洛西恩（金髮莫琳），直到一九六七年八月二十九日都跟她在勞工路三號同居。從九月初到十月中，他和蘇訥・別厄克同住。

十月到十一月間，猶朗松在聖格倫醫院接受過兩次性病治療（淋病）。

他的母親已再婚，目前仍住在赫爾辛基，已接到通知她兒子死亡的信函。

洛西恩表示猶朗松從不缺錢，但她不知道錢的來源。據她所知，猶朗松不是毒販，也沒有其他工作。

隆恩把自己寫的東西看過一遍。他的字小得像螞蟻，這一大篇全擠在一張紙上。他把紙收進公事包，筆記本則放進口袋，出門去見蘇訥・別厄克。

駁船上那女孩在瑪麗廣場的書報攤旁等著他。

「我不跟你一起去，」她說，「不過我已經跟蘇訥說過，他知道你要去。希望我沒做出什麼蠢事。」

她給了隆恩一個位在塔法斯街上的地址，然後朝閘門廣場的方向走掉了。

蘇訥・別厄克比隆恩想像中來得年輕，絕對不到二十五歲。他留著金色的鬍子，似乎是個隨和的人。沒有任何跡象顯示他有毒癮，隆恩想知道，他和年紀大得多、而且下流得多的猶朗松有什麼共通之處。

這間公寓只有一個房間和廚房，沒什麼家具。窗戶外是亂糟糟的院子。隆恩坐在唯一一張椅子上，別厄克坐在床上。

「聽說你想打聽尼瑟，」別厄克說，「坦白說，我知道的也不多。不過，我想你也許可以保管他的東西。」

他彎腰從床底下拉出一只購物袋，遞給隆恩。

「他搬走時留在這裡的。他帶走了一些東西，大多是衣服。留下這些都是沒用的廢物。」

隆恩接過袋子，放在椅旁。

「能否告訴我，你和猶朗松認識多久，在哪裡認識，還有，為何會讓他來跟你一起住？」

別厄克在床上坐穩，翹起二郎腿。

「可以啊，如果你想聽。」他說。「我哈根草好嗎？」

隆恩拿出一包菸，甩出一根給別厄克，後者扭斷濾嘴之後抽了起來。

「是這樣的。我在法蘭吉斯堪餐廳喝啤酒，尼瑟坐在隔壁桌。我以前沒見過他，但我們就開始聊天，他請我喝了一杯紅酒。我想他應該是個好人，餐廳關門後他說沒地方住，我就帶他回來。那天晚上我們喝得醉醺醺的，隔天他在南宅路又請我喝了幾杯、吃了些東西。應該是九月三號或四號吧，我不記得了。」

「你有注意到他有毒癮嗎？」隆恩問。

別厄克搖頭。

「一開始不了啦。但過了幾天，每次我們一早醒來他就嗑一次，那時我當然就知道了。他問我要不要也來一點，但我不碰那東西。」

別厄克的袖子捲到了手肘上方，隆恩訓練有素的視線瞥向他手臂內側，發現他說的是實話。

「你這裡空間不大，為什麼會讓猶朗松住那麼久？他有付房租嗎？」

「我覺得他這個人還可以。他沒付房租，但一向不缺錢，都會帶酒和一些吃的回來。」

「他的錢是從哪兒來的？」

別厄克聳聳肩。

「我不了啦，又不關我的事。但他沒工作，這我知道。」

隆恩看著別厄克的雙手，他的手又黑又髒，洗也洗不掉的那種黑。

「你從事什麼工作？」

「修車。」別厄克說。「我待會兒我和馬子有約，你最好快點閃人。還有其他事嗎？」

「他平常都跟你談些什麼？他有告訴過你他自己的事嗎？」

別厄克的食指快速地在鼻子下來回摩擦，說道：「他說他出過海，雖然我認為那應該是很久以前的事。他也會聊女人，尤其是本來跟他同居、但不久前翹辮子的那個。他說那女人就跟媽媽一樣，只是比媽媽更棒……」

停頓。

「因為你不能搞你媽，」別厄克嚴肅地說，「除此之外，他不太說自己的事。」

「他什麼時候搬走的？」

「十月八號，我記得很清楚，因為那天是星期天，也是他的命名日。他把他的東西全帶走，只留下袋子裡的那些。他本來就沒什麼東西，一個普通袋子就可以裝完。他說他有別的地方可住了，過一兩天就會回來說哈囉。」

他停了下來，將菸捻熄在地上的一只咖啡杯裡。「從那之後我就沒見過他了。現在他翹了，席雯說的。他真的在那班公車上嗎？」

隆恩點點頭。

「你知道他離開這裡之後去了哪兒嗎？」

「不了啦。他沒來找我，我也不了他在哪裡。他在我這兒的時候見過我幾個朋友，但我從來沒見過他的朋友。所以我其實他媽的根本不知道他的事。」

別厄克站起來，走到掛在牆上的鏡子前梳理頭髮。

「你們知道是誰嗎？」他問。「公車上那傢伙？」

「不知道，」隆恩回答，「還不知道。」

別厄克脫掉毛衣。

「我得換衣服了，」他說，「我馬子在等。」

隆恩起身，拿著購物袋走向門口。

「所以十月八日之後他在幹什麼你就不清楚了？」

「我說過我不知道，不是嗎？」

他從抽屜櫃裡拿出一件乾淨的襯衫，扯掉乾洗店的紙標。

「我只知道一件事。」他說。

「什麼？」

「他在滾蛋之前一兩個禮拜緊張得要死。好像在煩惱什麼。」

「但你不知道是什麼？」

「不了啦。」

隆恩回到空無一人的家中，進了廚房把購物袋裡的東西倒在桌上，謹慎地把東西一件件拿起來，仔細審視之後再一一放回購物袋內。

一頂髒污、破舊的帽子，一件曾經是白色的內褲，一條發皺的紅綠條紋領帶，一條黃銅扣的人造皮皮帶，一把菸斗，菸斗嘴有咬嚼痕跡，一只有羊毛襯裡的豬皮手套，一雙黃色的皺織尼龍襪，兩條髒手帕和一件揉成一團的淺藍色府綢襯衫。

隆恩拿起襯衫，正要將之放回購物袋時，發現胸前口袋裡有一張紙條。他放下襯衫，拿出紙條攤平。是一張箭矢餐廳七十八點二五克朗的帳單。日期是十月七號，消費明細顯示總共有食物、六杯酒和三杯蘇打水。

隆恩把帳單翻面。有人在邊邊用原子筆寫著：

10.8bf 3000

Morph 500

Owe ga 100

Owe mb　50
Dr P　650

1700
Bal　1300

隆恩認得這是猶朗松的筆跡，他曾在金髮莫琳那裡看過他寫的字。他認為，這表示猶朗松在十月八日——他離開蘇訥・別厄克家的同一天——會從某處獲得三千克朗，可能是姓名縮寫為「ｂｆ」的人給的。這三千克朗中，他要花五百買嗎啡，還一百五的債，給一個Ｐ醫生六百五，買藥或是什麼的。這樣他就剩下一千七。一個多月後他在公車上喪命時，口袋裡的錢超過一千八百克朗，所以他在十月八號之後一定又得到更多錢。隆恩想知道，這些錢是否來自同一個源頭——這個ｂｆ或是ＢＦ。當然未必是一個人，也可能是其他東西的縮寫。

「承前」（Brought Forward，簡寫同為B.F.）？猶朗松不像是會有銀行帳戶的人。最有可能的情況還是ｂｆ是個人。隆恩翻閱自己的筆記，發現他問過話或聽說和猶朗松有關聯的人當中，無一縮寫是ＢＦ。

他拿起袋子走進玄關，把這張帳單放進公事包，將袋子和公事包都放在玄關桌上，然後上床睡覺。

他躺在床上，想著猶朗松的錢究竟從何而來。

27.

在這個十二月二十一日星期四的早上，身為警察可不是件有趣的事。昨晚，在市中心耶誕節歇斯底里的氣氛下，一群制服警察和便衣人員身陷大規模的暴亂當中。為數眾多的工人和知識分子在反越戰集會結束後，從貿易聯盟大會堂蜂擁而出，隨即打了起來。昨晚現場究竟發生什麼事，眾說紛紜，可能也永遠缺乏定論，但在這個陰沉、寒冷的早上，斯德哥爾摩市內沒有幾個警察笑得出來。

在這次事件中唯一獲得些許好處的只有梅森。他呆呆地說自己無事可做，於是立刻被派去現場協助維持秩序。起先他躲在西維爾路的亞道夫・菲德列可教堂的陰影下，巴望著就算是有任何騷動，也不會蔓延到這個方向。但警方從四面八方毫無系統地逼進，示威者總得有地方可去，便開始強行朝西維爾路的方向湧來。梅森很快朝北逃竄，最後躲進一家餐廳——他是去暖暖身子、順便做點調查的。踏出餐廳大門時，他順手從桌上的牙籤罐裡拿了一根。牙籤用紙包著，是薄荷口味。

於是，在這個悲慘的早上，所有警察當中唯一有好心情的應該就是他了。他甚至打了電話給餐廳的供應商，獲得牙籤廠商的地址。

•

埃拿・隆恩心情不好。他站在寒風凜冽的環狀道路上，盯著地上的洞和一條防水布，公路局的工程架圍在四周。洞裡沒人，但停在五十碼外的工程車上可都是人。隆恩認識那四個坐在裡面打開熱水瓶的男人。他只簡單地說：「嗨。」

「嗨，把車門關上。不過，如果昨天晚上在感化院路用警棍敲我兒子頭的傢伙是你，那我可不跟你說話。」

「不是我，」隆恩說，「我在家裡看電視，老婆北上回娘家去了。」

「那就請坐吧。來點咖啡嗎？」

「謝謝，我可以喝一點。」

過了一會兒，其中一個人說：

「要問我們什麼？」

「是的……問一個叫做舒利的人——他在美國出生，說話聽得出口音嗎？」

「聽得可清楚了！他的口音跟安妮塔·依克伯一樣；而且他一喝醉就說英文。」

「喝醉的時候？」

「對，還有生氣，或是渾然忘我的時候。」

隆恩搭五十四路公車回到國王島。那是一輛利蘭亞特蘭型的紅色雙層公車，車頂是乳白色，車內天花板則是漆成灰色。據他了解，雙層公車不賣站票，但車上卻擠滿人，大家都一手抓著某處穩住身體，另一手則緊握包裹或購物袋。

一路上，他努力思索，而後在自己的辦公桌前又坐了一會兒。他走進隔壁房間說：「他不認識他。」接著又出去了。

「連他也瘋了。」剛瓦德·拉森低聲吼著。

「等等，」馬丁·貝克說，「我想他有發現了。」

他起身去找隆恩。房間裡沒人，帽子和外套也不在。

半小時後，隆恩再度打開環狀道路上那輛工程車的車門。舒利的同事還都坐在原處。路上那個洞看起來根本沒人動過。

「老天，我快被你給嚇死了。」其中一人說。「我以為是歐爾松（Olsson）呢。」

「歐爾松？」

「對，但是舒利都把他的名字唸成歐列松（Olesson）。」

•

隆恩直到隔天早上才報告他的發現，這時離耶誕夜只剩兩天。

馬丁・貝克停住錄音機說：「所以，你認為應該是這樣：你問『是誰開的槍？』他就用英文回答：『Didn't recognize him.（不認識他）。』」

「對。」

「然後你說：『兇手長什麼樣子？』舒利就回答：『Like Olsson（像歐爾松）。』」

「對，然後他就死了。」

「太棒了，埃拿。」馬丁・貝克說。

「他娘的歐爾松是誰？」剛瓦德・拉森問。

「一個巡查員。他會到各個工地去巡邏，看工人是不是在打混。」

「這天殺的傢伙長啥樣子？」

「他就在隔壁，我辦公室裡。」隆恩謙虛地說。

馬丁・貝克和剛瓦德・拉森走到隔壁，盯著歐爾松看。剛瓦德・拉森只看了十秒，然後他「嗯哼」了一聲，就走了出去。歐爾松望著他的背影，目瞪口呆。

馬丁・貝克在房裡待了三十秒。他說：「埃拿，我想你已經把該記錄的都寫下來了？」

「是的。」隆恩說。

「謝謝你，歐爾松先生。」

馬丁・貝克離開房間。歐爾松看起來更加大惑不解。

當馬丁・貝克吃完午餐回來後（他只喝了一杯牛奶，一杯咖啡，吃了兩片乳酪），發現隆恩在他桌上放了一張紙。標題很簡單：歐爾松。

歐爾松四十六歲，是公路局巡查員。

他六呎高，淨重一百七十磅。體型瘦高。

髮色灰金，呈波浪狀，眼睛是灰色的。

他臉型長而削瘦，五官明顯，鼻子高聳，有點鷹勾，嘴型很寬，嘴唇薄，牙齒很好。

穿九號鞋。

膚色頗黑，他說是因為工作的關係，常常在戶外跑。

穿著整齊，灰色西裝，白襯衫，打領帶，黑皮鞋。在戶外工作時會穿一件及膝的防水大衣，寬鬆的那種。灰色。這種大衣他有兩件，冬天習慣穿其中一件。他頭戴一頂窄邊的黑色皮帽，穿厚橡膠底黑鞋。要是下雨或下雪，就會穿黑色橡皮靴，上面有反光條。

歐爾松在十一月十三號有不在場證明。從晚上十點到午夜，他都待在一個橋牌俱樂部，他是那裡的會員。當天他參加了橋牌賽，有計分卡和其他三位參賽者可證明。

至於阿爾方斯（阿方）・舒利，歐爾松說他人很好，但是懶惰又愛喝酒。

「你想隆恩是不是把他剝光了量體重？」剛瓦德・拉森說。

馬丁・貝克沒有答話。

「非常合邏輯的結論，」剛瓦德・拉森繼續說著，「他頭戴帽子，腳上穿著鞋，一次只穿一件外衣。他的鼻子還是嘴有點歪？這你要怎麼處理？」

「不知道。這是某種描述吧。」

「是，對歐爾松的描述。」

「那阿薩森呢？」

「我剛才跟雅克森談了一下，」剛瓦德．拉森說，「這傢伙非常惡劣。」

「雅克森嗎？」

「他也是。」剛瓦德．拉森回嘴。「我猜他不爽是因為他們沒辦法自己破了毒品買賣，卻要我們幫他們破。」

「不是『我們』，是你。」

「就連雅克森也承認，阿薩森是他們見過最大的毒品大盤。這兩兄弟的鈔票一定多到數不完。」

「其他的壞人呢？那個外國人？」

「只是個跑腿的希臘人。那渾蛋有外交護照，自己就有毒癮。阿薩森認為是他去告的密，還說，跟這些嗑藥的傢伙講什麼都很危險。他非常不爽，可能是因為他沒有早點幹掉這個跑腿的。」

他停頓了一下。

「公車上那個什麼松的也吸毒。我懷疑……」

剛瓦德．拉森話沒說完，這卻讓馬丁．貝克開始思考。

柯柏揣著他列的清單走開，寧願不讓任何人看到。他越來越能了解史丹斯壯在查這件陳年舊案時的感受。馬丁・貝克說得對，特蕾莎案的偵查毫無漏洞。某個無可救藥的頑固傢伙甚至寫道：「從技術方面來說，這件案子已經解決了，偵查過程是警方辦案的完美模範。」

如此一來，這件案子的結論就是常被人掛在嘴上的「perfect crime—完美犯罪」。

要調查名單上和特蕾莎・卡馬拉歐有過關係的男人並非易事。這十六年來，裡面死掉、移民或是改名換姓的人多得令人吃驚。有些人成了康復無望的瘋子，在某間精神病院裡等死。有的不是在吃牢飯，就是在收容酒鬼的老人院裡。有的人乾脆出海，或是以其他方式消失得無影無蹤。許多人早就搬到偏遠地方，為自己和家人開創新生活，大部分的對象都在例行調查後可以直接勾消。現在，柯柏的清單上只剩二十九個名字，全是自由之身，而且還住在斯德哥爾摩市內或近郊。截至目前，他只蒐集了這些人的基本資訊，例如目前的歲數、職業、地址和婚姻狀況。名單如下，編號從一到二十九，按英文字母順序排列：

1. 史文・歐格連，四十一歲，店員，斯德哥爾摩 NO，已婚。
2. 卡爾・安德紳，六十三歲，？，斯德哥爾摩 SV（高坡療養院），未婚。
3. 因旺・班尊，四十三歲，記者，斯德哥爾摩 Va，離婚。
4. 儒納・班生，五十六歲，商人，石得桑，已婚。

5. 庸·卡爾松，四十六歲，舊貨商，烏普蘭新市，未婚。
6. 盧那·卡爾森，三十二歲，工程師，納卡五，已婚。
7. 史蒂格·艾格保，八十三歲，曾任工人，斯德哥爾摩SV（玫瑰園老人院），鰥夫。
8. 歐佛·艾利可松，四十七歲，汽車技工，班德哈根，已婚。
9. 方特·艾立克森，六十九歲，曾任碼頭工，斯德哥爾摩SV（高坡療養院），鰥夫。
10. 斯提格·芬姆，三十一歲，油漆工，索隆涂納，已婚。
11. 畢戎·佛西白，四十八歲，商人，石得桑，已婚。
12. 班特·斐德立森，五十六歲，藝術家，斯德哥爾摩C，已婚。
13. 玻·佛斯特松，六十六歲，演員，斯德哥爾摩O，離婚。
14. 尤漢·葛宏，五十二歲，曾任侍者，蘇納，未婚。
15. 庸烏克·卡松，三十八歲，辦事員，因古平，已婚。
16. 肯南·卡生，三十三歲，卡車駕駛，史科市，未婚。
17. 連納·林格連，八十一歲，曾任銀行經理，林汀島1，已婚。
18. 史溫·盧斯東，三十七歲，倉庫管理員，斯德哥爾摩K，離婚。
19. 陶格·聶爾松，六十一歲，律師，斯德哥爾摩SO，未婚。

20. 卡爾古斯塔・尼爾森，五十一歲，曾任技工，由罕納庭，離婚。
21. 海恩斯・烏勒多夫，四十六歲，藝術家，斯德哥爾摩K，未婚。
22. 寇德・伍勒生，五十九歲，公務人員，鹽湖村，已婚。
23. 柏納・皮特須，三十九歲，商業畫家，布洛瑪，已婚，（黑人）。
24. 維翰・羅斯保，七十一歲，不詳，斯德哥爾摩SV，鰥夫。
25. 班特・圖勒松，四十二歲，技工，古斯塔夫堡，離婚。
26. 倫訥・維格隆，六十歲，少校，已婚。
27. 班恩，沃白利，三十八歲，採購（？），斯德哥爾摩K，未婚。
28. 杭斯・溫斯卓，七十六歲，曾任魚商助理，蘇納，未婚。
29. 連納特・厄百林，三十五歲，土木工程師，杜松稜市，已婚。

柯柏看著名單，嘆了口氣。特蕾莎・卡馬拉歐交往的人真是遍及社會各個階層啊！她同時也老少不拘。她死的時候這些人當中最年輕的才十五歲，年紀最長的都已經六十七歲了。光是名單上這些人，就從石得桑的銀行經理到高坡療養院的酗酒老賊都包含在內。

「你列這名單要幹嘛？」馬丁・貝克問。

「不知道。」柯柏消沉地誠實回答。

然後，他進門，把單子放在米蘭德桌上。

「你一向過目不忘。有時間的話幫我看一下，看看這些人當中有沒有你記得的，好嗎？」

米蘭德面無表情地瞥了名單一眼，點點頭。

二十三日那天，梅森和諾丁搭飛機返鄉，沒有人想念他們。耶誕節一過，他們就得立刻回來。

外面天氣壞得不得了，冰寒刺骨。

消費社會的關節已經開始吱嘎作響，這一天，任何東西都可以用隨便什麼價錢賣掉，而且常常都是以信用卡和會跳票的支票來付帳。

當晚，馬丁．貝克在回家路上心裡想著，現在瑞典不僅有了第一宗集體謀殺案，同時還有了第一宗沒偵破的殺警案。

偵查很快就陷入膠著。而且從技術方面看來——跟特蕾莎案不一樣——偵查進展看起來簡直一團糟。

28.

耶誕夜到了。

馬丁．貝克得到一份耶誕禮物，雖然有人信誓旦旦說他一定會笑，但他還是沒有笑出來。萊納．柯柏送了一份讓妻子感動流淚的耶誕禮物。

兩人都決心不去想歐格．史丹斯壯或是特蕾莎．卡馬拉歐，但他們倆都做不到。

馬丁．貝克早早就醒了，但待在床上讀那本斯疋號戰艦的書，等待其他家人起床。然後，他起來收好前一天穿的西裝，換上牛仔褲和毛衣。他太太認為耶誕前夕應該盛裝，因此皺著眉頭打量他的衣服，但很難得地竟然沒說什麼。

她依照慣例去掃父母的墓，馬丁．貝克則和洛夫、英格麗一起裝飾耶誕樹。孩子們興奮地喧鬧，他盡量不掃他們的興。妻子跟逝者致意後回到家，他鼓起勇氣參與了一項自己其實並不喜歡的慣例——把麵包浸到煮火腿的鍋裡。

要不了多久，他隱隱作痛的胃就會痛得更厲害。馬丁．貝克已經習慣這種發病的感覺，所以根本不去理會；但他心裡明白，這情況最近越來越頻繁，而且越來越嚴重。現在他幾乎不會告訴英雅自己不舒服。以前他曾經說過，但英雅煎製的草藥和不斷的嘮叨幾乎害死他。對英雅來說，疾病的重要性就等同於生命。

以只有四口人來說，這頓耶誕晚餐豐盛異常，而且其中一人非常難得能吃下一餐正常的分量，一人在節食，還有一人為了準備這頓晚餐因而勞累過度，根本吃不下。於是只剩洛夫，但他吃得實在不算少。這男孩才十二歲，他單薄的身體一天消耗的食物，跟馬丁・貝克一週裡強迫自己吃下的一樣多。每每想起來他都驚異不已。

大家都幫忙善後工作，這也是唯獨耶誕夜才有的事。

馬丁・貝克隨後點亮耶誕樹上的蠟燭，心中想著以進口塑膠耶誕樹掩護販毒行徑的阿薩森兄弟。熱潘趣酒和薑糖餅乾隨後登場。英格麗說：「我想，現在可以把馬牽進來了。」

一如往常，他們保證只給每人一份禮物；卻也一如往常又多買了許多。

馬丁・貝克並沒有為英格麗買下一匹馬，卻以馬褲和隨後半年的騎術課學費代替。

他自己得到的禮物包括快速帆船卡提沙克號的組合模型，以及一條兩碼長的圍巾，這是女兒手織的。

英格麗還送他一個扁平的包裝袋，他拆開時，女兒充滿期待地看著。裡面是一張四十五轉的黑膠唱片，唱片封套上畫著一個胖子，穿戴著倫敦警察的制服和帽子。胖子有著鬈翹的大鬍，戴著連指手套的手捧著腹部。他站在一根老式麥克風前，從表情看來，似乎正在哈哈大笑。他的名字顯然叫查爾斯．潘羅斯，這張唱片叫「大笑警察的冒險」。英格麗搬來唱機，放在馬丁．貝克座椅旁的地上。

「聽了就知道，你會笑死的。」

她從封套裡抽出唱片，閱讀標籤。

「第一首歌叫『大笑的警察』。很配吧？」

馬丁．貝克對音樂所知甚少，但他聽說過這首歌是在二〇年代、或是之前錄製的。歌曲在每段歌詞之後就是一連串的笑聲。這首歌顯然很有傳染性，因為英雅、洛夫和英格麗聽了都大笑不已。

馬丁．貝克完全無法同樂，連一絲微笑都擠不出來。但為了不掃家人的興，他站起來背過身，假裝去扶正耶誕樹上的蠟燭。

歌播完後，他回到座位。英格麗拭去笑出的淚水望著他。

「爸，你怎麼都沒笑啊！」她責怪道。

「我覺得非常有趣。」他盡量露出誠懇的樣子。

「那你聽這一首，」英格麗把唱片翻面，「『快樂的條子在遊行』。」

這首歌英格麗顯然聽過很多次，唱片邊播她邊唱和，彷彿生來就是要跟大笑的警察一起雙重唱似地。

腳步聲鼕鼕鼕
從街那頭傳來
快樂的條子正在遊行
他們的制服是藍色的
警徽也閃閃發亮
真是一群精英榜樣……

燭火穩穩地燃燒著，杉樹在溫暖的屋內散發出香氣，孩子們一起唱歌，英雅穿著新睡袍蜷在椅子上，咬著一隻杏仁糖膏小豬*的頭。馬丁・貝克傾身向前，雙肘撐在膝上，雙手托著下巴，盯著唱片封套上那個大笑的警察。

他想到史丹斯壯。

電話響了。

•

柯柏心中不知為何總覺得不滿足，而且毫無休假的感覺。既然說不出自己到底錯失了什麼，當然沒有理由悶悶不樂，甚而破壞了他的耶誕夜。

所以他仔細地調著潘趣酒，試嚐了好幾次之後才滿意，接著在桌邊坐下，打量著身邊看似悠閒的氛圍。波荻趴在耶誕樹旁，發出咕嚕咕嚕的聲音；烏莎·托瑞爾盤腿坐在地板上，用手指輕戳寶寶逗她玩；葛恩穿著一件介於睡衣和運動服之間的怪衣服，光著腳，慵懶、漠然地在房子裡走來走去。

他吃了一點特別為耶誕夜準備的魚。想到即將可以好好吃一頓大餐，不禁愉快地嘆了口氣。他把餐巾塞進襯衫領口，披在胸前，倒了一大杯生命之水**，舉杯，迷濛地望著杯中清澈、冰涼的酒液和杯外的霧氣。就在此時，電話響了。

---

* Marzipan pig，斯堪地那維亞地區及德國的傳統糕點，以杏仁糖膏捏製成小豬的形狀，在新年象徵幸運。

** 生命之水（akavavit），北歐地區以馬鈴薯和香料釀製的無色透明烈酒，也可做開胃酒用。

他遲疑了一會兒，接著一口把酒乾掉，走進臥室拿起話筒。

「晚安，我是福勒伊德，從小長島監獄打來的。」

「還真令人高興啊。」

柯柏信心滿滿地回道，他知道自己不在緊急事件的通知名單上，就算再有一樁集體謀殺案發生，也無法逼他出門走進雪地裡。那種事自然會有能幹的人去處理，比方說剛瓦德・拉森，他今夜奉令待命；還有馬丁・貝克，因為他職位高，必須負責。

「我在這裡的心理診所上班，」那人說，「有個病人堅持要和你說話。他叫畢耶穹，他說他答應過你。這件事很緊急……」

柯柏皺起眉頭。

「他能來聽電話嗎？」

「對不起，不行，這違反規定。他正在接受……」

柯柏臉上浮現悲戚的表情。最高階的成員顯然耶誕夜是不當班的。

「好吧，我過去。」他說著掛上電話。

他的妻子聽見最後這句話，瞪大眼睛瞅著他。

「得去小長島一趟，」他疲累地說，「耶誕夜這時候哪叫得到計程車？」

「我開車送你過去，」烏莎說，「我沒喝酒。」

他們一路上並未交談。監獄門口的警衛懷疑地看著烏莎．托瑞爾。

「她是我的祕書。」柯柏說。

「你的什麼？等等，我得再看一下你的證件。」

畢耶穹一點兒都沒變，甚至似乎比兩個星期前還更溫和有禮。

「你要跟我說什麼？」柯柏沒好氣地說。

畢耶穹微微一笑。

「這好像有點蠢，」他說，「可是我今晚才剛想起一件事。你問起車子的事，我的莫里斯……」

「怎樣？」

「有一次，我和史丹斯壯巡佐休息吃東西的時候，我告訴他一個故事。我記得我們那時吃的是醃豬肉和蕪菁泥。是我最喜歡的菜。今天我們在吃耶誕晚餐時……」

柯柏極度不悅地打量這傢伙。

「什麼故事？」

「其實是關於我的故事。從我們住在槳手街的時候開始，我的——」

他中斷了要說的話，懷疑地望著烏莎・托瑞爾。站在門口的獄卒打著呵欠。

「繼續啊。」柯柏粗聲道。

「我太太和我，我們家只有一個房間。我在家老是覺得緊張，很悶，很煩躁，也睡得很糟。」

「嗯。」柯柏哼了一聲。

他覺得頭昏、躁熱，非常渴，而且餓扁了。更有甚者，這環境讓他沮喪，他想回家。畢耶穹繼續絮絮叨叨地說著：

「因此我習慣找個晚上出門，只為了避免待在家裡。那是將近二十年前的事了。我會在街頭走上好幾個小時，有時走一整夜，都不跟任何人說話，只是想到處走走，不要有人來煩我。你知道嗎，我得想點別的事，才不會一直在煩惱家裡或我太太什麼的。所以我會找點事情做——或許可以說是轉移注意力吧，讓我不去想一堆問題，不要老是悶悶不樂。」

柯柏看錶。

「對，對，我明白。」他不耐地說。「那你都做些什麼？」

「我會看車子。」

「車子？」

「對，我會沿路走，穿越停車場，看不同的車子。其實我對車沒什麼興趣，不過卻因為這樣知道了所有的車廠和型號，沒多久我就成了專家。其實這挺讓人滿足的。我可以從四、五十碼外就認出那是什麼車，從前後左右哪個方向看都認得出來。要是我去參加電視上的猜謎比賽——你知道，他們有時會專門問某個主題——那我一定能拿冠軍。無論從車子的哪一邊看，都沒問題。」

「那從上面看呢？」烏莎・托瑞爾問道。

柯柏驚訝地望向她。畢耶穹的臉色稍微黯淡了一點。

「這個嘛，我沒什麼機會從上往下看。這或許就不行了吧。」

他思索了一會兒。柯柏認命地聳聳肩。

「做這種簡單的事情會讓人很愉快，」畢耶穹繼續說，「而且很興奮。有時候看到很少見的車種，像是Lagonda、Zim或者是EMW，我就會很開心。」

「這你有告訴史丹斯壯嗎？」

「有，但我沒跟其他人說過。」

「他說了什麼？」

「他說他覺得很有趣。」

「這樣啊。耶誕夜晚上九點半，你把我叫來這裡，就是要說這個？」

畢耶穹露出受傷的表情。

「對，」他回答，「你說我一想起什麼就要立刻告訴你的……」

「是的，沒錯，」柯柏疲累地說，「謝謝你。」

他站了起來。

「可是我還沒告訴你最重要的部分，」畢耶穹喃喃道，「讓史丹斯壯巡佐非常感興趣的事，是我們上次談到莫理斯的時候想起來的。」

柯柏又坐了下去。

「是什麼？」

「我這個嗜好也有點麻煩——如果這能稱做嗜好的話。如果天色很暗，或者是隔著一段距離，有些車的車型是很難分辨的。比方說，Moskovitch和Opel Kadett，DKW和IFA。」他停頓一下，然後強調道：「真的很難很難分辨，只有小細節不同。」

「這和史丹斯壯，以及你的莫理斯八型有關係嗎？」

「跟我的莫理斯沒關係，」畢耶穹回道。「巡佐有興趣的是，我告訴他最難分辨的車型是小莫理斯和雷諾4CV的車頭。這兩種車從側面或後面看都很容易分別，但從正前方或側前方就難以分辨，非常難。不過我後來就慢慢學會如何分辨了，很少出錯。當然，有時候還是會認錯的。」

「等等，」柯柏說，「你剛剛是說小莫理斯和雷諾4CV嗎？」

「對。我記得我說這些的時候，史丹斯壯巡佐非常吃驚。原本我在說話時他就只是坐在那裡點頭而已，我還以為他沒在聽呢。可是當我說到這個，他突然非常感興趣，還問了我好幾次。」

「你是說，從前面看過去的時候？」

「對，他也問了我同樣的問題，連問好幾次。從前方或是側前方，非常難分辨。」

他們回到車上時，烏莎．托瑞爾問道：

「這是怎麼回事？」

「我也不太清楚，但可能非常重要。」

「跟殺死歐格的人有關係嗎？」

「不知道，但這至少解釋了他為何在筆記本上寫下『莫理斯』。」

「我也想起來了。」她說。「歐格被害死前幾個星期曾說過一些話。他說，一旦他能請兩天假時，就要到斯莫蘭去查一件事。我想是要去埃克舍*。這有讓你想起什麼嗎？」

* 斯莫蘭（Småland）是瑞典南部省分，埃克舍（Eksjö）正位在此區域內，與斯德哥爾摩相距約三百三十五公里。

「完全沒有。」柯柏答道。

城裡杳無人跡。唯一的動靜是兩輛救護車、一輛警車和幾個蹣跚前進的耶誕老人，太多好客的家庭請他們喝了太多杯酒，讓他們無法好好工作。過了一會兒，柯柏開口：「葛恩告訴我，你新年就要離開了。」

「對，我要搬到國王島大道上另一間比較小的公寓，家具和雜物也要賣掉，另外買新的。我也要換新工作。」

「在哪裡？」

「還沒決定，但我有在考慮。」

她沉默了幾秒鐘，然後說：「警局如何？有缺嗎？」

「應該有吧。」柯柏隨口回道。突然間，他說：「什麼！你是說真的嗎？」

「是的，」她說，「我是說真的。」

烏莎・托瑞爾專心開著車。她皺起眉頭，瞇起眼睛望著車外紛飛的大雪。

回到帕連得路時，波荻已經睡著了，葛恩則蜷在扶手椅裡看書。她的眼中有淚光。

「怎麼了？」他問。

「天殺的晚餐，」她說，「都毀了。」

「才沒有啦。有你在，加上我的胃口，就算桌上放的是死貓，我也會樂得要命。」

「而且那個討厭的馬丁還打電話來。半個小時前。」

「沒問題，」柯柏愉快地說，「我回他一下電話，你剛好可以去弄飯。」

他脫下外套和領帶，然後去打電話。

「喂，貝克家。」

「怎麼這麼吵啊？」柯柏懷疑地問。

「大笑的警察。」

「什麼？」

「一張唱片。」

「哦，對，現在我聽出來了，老歌。查爾斯・潘羅斯，對吧？這首歌在一次大戰之前就有了。」

背景音樂傳來一陣狂笑聲。

「這無關緊要。」馬丁・貝克悶悶不樂地說。「我打給你是因為米蘭德打來。」

「他要幹嘛？」

「他說終於想起來在哪見過尼爾斯・伊利克・猶朗松這個名字了。」

「在哪？」

「跟特蕾莎・卡馬拉歐案有關。」

柯柏解開鞋帶，思索了一會兒，然後說：「那你替我轉告他，這次他搞錯了。我才剛看完所有文件，裡面每個該死的字全看過了。我還沒笨到連這個都沒注意到。」

「卷宗在你家嗎？」

「不在，在瓦斯貝加。但我確定，非常確定。」

「好，我相信你。你去小長島幹嘛？」

「有點事情。現在事情還太籠統、太複雜，無法解釋，但如果沒錯的話……」

「怎樣？」

「那特蕾莎案的每張紙都可以拿去擦屁股了。耶誕快樂。」

他放下話筒。

「你又要出門？」他的妻子不放心地問。

「對，但是要等到星期三。生命之水在哪裡？」

29.

要打擊米蘭德這個人可不容易，但二十七日那天早上，他的神情竟是如此憔悴、困惑，就連剛瓦德．拉森都忍不住問道：「你怎麼啦？」

「通常我是不會錯的。」

「任何事情都有第一次。」隆恩安慰他。

「對，但我還是不明白。」

馬丁．貝克敲了門，眾人還來不及回應，他就走了進來，而且嚴肅地杵在那裡輕聲咳嗽。

「你不明白什麼？」

「猶朗松。我竟然會弄錯。」

「我剛去過瓦斯貝加，」馬丁．貝克說，「有個發現也許能讓你開心一點。」

「怎麼說？」

「特蕾莎案的卷宗少了一頁。第一二四四頁不見了。」

下午三點，柯柏站在索德拉來一家車商展示處的門外。他今天已經跑了不少地方。第一，他確定了十六年半前在史德哈根運動場看見一輛車的那三名證人，都是從前方或側前方看過去的。第二，他監督了幾張照片沖洗，現在口袋裡有一張深色調、稍微修改過的一九五〇年份小莫理斯的廣告照片。三名證人當中有兩位已經過世——就是那位警佐和那位技工。但真正的專家——修車廠的那個工頭，如今還矍鑠健壯，就在索德拉來的這家車商上班。他已經不是工頭，而且擁有一個比較崇高的頭銜，正坐在有玻璃隔牆的辦公室裡講電話。電話結束後，柯柏走了進去，沒有敲門，也沒說明自己的身分。他只把照片放在桌上說：

「這是什麼車？」

「雷諾4CV，舊型。」

「你確定嗎？」

「我敢打賭。我從來沒有錯過。」

「確定？」

那人再度望著照片。

「是的，雷諾4CV，舊型。」

「謝了。」柯柏說完，伸手拿回照片。

那人困惑地望著他。「等等，你這是在耍我嗎？」

他再仔細地觀察照片。過了整整十五秒後，他慢慢地說：「這不是雷諾，是莫理斯。小莫理斯，五〇或五一年份。而且照片有點不對勁。」

「沒錯，」柯柏說，「這照片修過，看起來就像是在燈光不足、還下著雨的戶外拍下的，比方說是夏天晚上。」

那人盯著他。

「好，你到底是什麼人？」

「警察。」柯柏回答。

「我早該猜到。」那人說。「秋天的時候才有一個警察來過，他……」

•

當天下午五點半剛過，馬丁·貝克就召集直屬同僚，在偵查總部舉行簡報。梅森和諾丁也休完耶誕假期回來了，因此可說是全員到齊。唯一不在的是哈瑪，他度假去了。他對這四十四天的偵查行動根本不太清楚，也認為在耶誕節和新年之間不可能有任何新發展；這種時候，獵人和獵物多半都坐在家裡打嗝，想知道該怎麼撐到來年一月。

「哦，所以是少了一頁，」米蘭德滿意地說。「誰拿走了？」

馬丁・貝克和柯柏很快地互看一眼。

「有人自認為是搜索專家嗎？」馬丁・貝克問。

「我還不錯。」坐不住的梅森在窗邊說。「要是有要找的東西，我一定找得到。」

「很好，」馬丁・貝克說，「你去仔細搜索史丹斯壯在柴豪夫路的公寓。」

「找什麼？」

「一頁的警方報告。」柯柏說。「應該是第一二四四頁，上面可能有尼爾斯・伊利克・猶朗松這個名字。」

「明天吧。」梅森說。「白天找比較容易。」

「好，沒問題。」馬丁・貝克說。

「明早我把鑰匙給你。」柯柏告訴他。

鑰匙其實就在他的口袋裡，但他想在梅森動手搜索之前，先拿走史丹斯壯留下的那些情色照片。

•

隔天下午兩點，馬丁．貝克桌上的電話響了。

「你好，我是裴爾。」

「哪位裴爾？」

「梅森。」

「哦，是你啊。情況如何？」

「我在史丹斯壯的公寓裡。那張紙不在這裡。」

「你確定？」

「確定。」

梅森的聲音聽起來相當不悅，像是被冒犯了。

「你娘的我當然確定。倒是你確定拿走那一頁的人是他嗎？」

「總之，我們這麼認為。」

「好吧，那我最好繼續找找別的地方。」

馬丁・貝克按摩頭皮。

「你說別的地方是什麼意思？」

但是梅森已經掛上電話。

「拜託，中央檔案裡一定有副本。」剛瓦德・拉森粗聲道。

「也對。」馬丁・貝克拿起電話撥了內線。

柯柏和米蘭德在隔壁房間討論目前的狀況。

「我看過你列的名單了。」

「有什麼發現？」

「很多，但我不知道是不是有用。」

「我會告訴你。」

「這名單上有幾個人是慣犯，例如卡爾・安德紳、維翰・羅斯保和班恩・沃白利。這三個人都是竊盜犯，定過幾十次罪。他們現在年紀大了，應該已經洗手不幹。」

「繼續。」

「尤漢・葛宏當年就是專收贓物的，毫無疑問，現在還是，說做侍者不過是個幌子。他一年前才吃過牢飯。還有這個方特・艾立克森——你知道他老婆死了嗎？」

「不知道。」

「他喝醉酒，拿廚房椅子把老婆打死了，被判殺人罪，服刑五年。」

「我真該死。」

「除了他以外，這份名單裡還有其他的壞胚子。歐佛・艾利可松和班特・斐德立森都因為攻擊傷害罪被判刑。斐德立森定罪起碼六次。我記得有幾次還能以企圖殺人罪來起訴他。還有這個舊貨商庸・卡爾松也不是什麼好東西。他從來沒被逮過，但有好幾次只差一點點就被抓到。我也記得畢戎・佛西白。他有一陣子幹過好幾票大買賣，四〇年代後半在黑社會裡頗有名氣。然後他洗心革面，重新做人，娶了一個有錢的女人，變成正當的商人。他只有在一九四七年因為詐欺罪被判過一次刑。杭斯・溫斯卓的犯罪歷史也是一流的，從順手牽羊到破壞保險箱都有……真是詭異的職稱。」

「魚商助理。」柯柏望著名單。

「二十五年前，他在河岸村城的市場擺攤，也是個真正的老賊。因旺・班尊現在自稱是記者。他是偽造支票的先驅，此外他也拉皮條。坡・佛斯特松是個三流演員，也是惡名昭彰的吸毒者。」

「這女的怎麼沒想過要找個像樣的傢伙上床啊？」

「當然有，這份名單上就有幾個。比方說儒納・班生、連納・林格連、寇德・伍勒生和倫訥・維格隆。全是上流階級，毫無瑕疵。」

柯柏很清楚偵查的重點。

「的確。」他說。「這些人都已婚，四個人都是。我猜當時他們一定很慘，得向老婆解釋。」

「警方在這方面頗為謹慎。當時那些二十歲左右、甚至更年少的年輕人，他們也都不是壞人啊。名單中的六個年輕人裡，事實上只有一個有犯罪記錄——肯南・卡生，他被逮捕過一兩次，進過感化院之類的。不過那是好一陣子以前的事，而且不是什麼嚴重的罪行。你要我認真追查這些人的過去嗎？」

「是的，拜託你。那些超過六十歲的老頭就不必了；三十八歲以下的年輕人也不用。」

「這樣就是八加七，十五個人。剩下十四個，範圍縮小啦。」

「什麼範圍？」

「嗯，」米蘭德說，「當然，這些人在特蕾莎謀殺案當時都有不在場證明。」

「用你的老命打賭，絕對有。」柯柏說。「至少在屍體被扔在史德哈根的時候一定有。」

搜尋中央檔案裡特蕾莎案報告的副本，是從十二月二十八日開始進行，但除夕夜都過了，一九六八年也來了，仍舊毫無結果。

直到一月五號早上，才有一堆滿是灰塵的文件出現在馬丁．貝克桌上。用不著是警探也看得出來，這是從檔案室最深處的角落挖出來的，上次有人翻閱已是好幾年前。

馬丁．貝克快速翻到第一二四四頁。內容很簡短。柯柏從他身後探過頭來，他們一起讀。

業務員尼爾斯．伊利克．猶朗松的偵訊報告，一九五一年八月七日

猶朗松說，他在一九二九年十月四日，出生於斯德哥爾摩的芬蘭教區，父親是電工阿果．耶利克．猶朗松，母親是貝妮妲．猶朗松，娘家姓郎特南。目前他受雇於斯德哥爾摩荷蘭人路十號的亞林波公司。

猶朗松承認他認識特蕾莎．卡馬拉歐，後者不時會出現在他的社交圈子裡，雖然在她死前幾個月猶朗松並未見到她。猶朗松進一步承認曾和特蕾莎．卡馬拉歐有過兩次親密關係（性交）。第一次是在城裡道明修士街的公寓，那時還有其他人在場。這些人是什麼人，他說他只記得柯

爾・歐克・畢利恩・史文松拉斯克。第二次則是在城裡荷蘭人路的一間地下室裡。這次史文松拉斯克也在，他也和卡馬拉歐女士發生親密關係（性交）。猶朗松說，他不記得確切日期，但認為應該是在去年（一九五〇年）十一月底或十二月初這幾天之間。猶朗松說他對卡馬拉歐女士的交友圈一無所知。

六月二號到十三號之間，猶朗松在埃克舍，他開一輛牌照號碼為A六三一〇的車輛前去替公司推銷衣服。這輛牌照號碼A六三一〇的小莫理斯的車主是猶朗松。這份報告經過本人確認。

〈簽名〉

補充說明，上文提及的柯爾・歐克・畢利恩・史文松拉斯克，就是第一個告知警方猶朗松曾和卡馬拉歐女士發生過親密關係（性交）的人。猶朗松自述前往埃克舍一事，經過當地「城市旅館」的員工確認。詳細詢問猶朗松在六月十號晚上的行動時，該旅館侍者斯伐勒可・楊笙表示，猶朗松整晚都坐在旅館餐廳裡，直到餐廳在十一點三十分關門為止。那時猶朗松已經喝了許多酒。斯伐勒可・楊笙的證詞應該可信，因為這和猶朗松的旅館帳單明細相符。

「唔，就這樣了，」柯柏說，「到目前為止。」

「你現在要怎麼做？」

「去做史丹斯壯沒時間做的事。到埃克舍去。」

「拼圖的碎片開始慢慢湊在一起了。」馬丁・貝克說。

「沒錯。」柯柏同意。「對了，梅森人呢？」

「我想是在哈斯塔哈瑪，在史丹斯壯他媽家裡找那張紙吧。」

「他還真是鍥而不捨。」柯柏說。「可惜，我本來想借他的車。我的車發動有點問題。」

•

柯柏在一月八號早上到達埃克舍。他在暴風雪中連夜開車，在結冰的路上南下二〇八英哩。儘管如此，他竟然不覺得特別累。城市旅館位於市中心的廣場旁，是一棟漂亮的老式建築，完美地融入這瑞典鄉下小鎮悠閒的風光。那位叫做斯伐勒可・楊笙的侍者十年前就死了，但尼爾斯・伊利克・猶朗松的旅館帳單備份還在。柯柏花了幾個小時才從閣樓上一個滿是灰塵的紙盒裡找出來。

帳單似乎證實了猶朗松在旅館住了十一天。他所有的餐飲都是在旅館餐廳內消費的，餐飲費用明細上有他的簽名，然後加在旅館的帳單上。同時還有一些其他消費，包括電話費。不過，猶朗松播打的電話號碼並沒有記錄。然而有另一個項目吸引了柯柏的注意。

一九五一年六月六日，旅館替一位客人付了五十二點二五克朗給一家修車廠。這筆金額的細目是「拖車和修理」。

「這家修車廠還在嗎？」柯柏問旅館主人。

「哦，還在呢，而且是同一個老闆，做了二十七年了。你沿著隆亞耐路一直走……」

事實上，老闆經營這間修車廠正是二十七年整。他難以置信地盯著柯柏說：「十六年半以前？見鬼了，我怎麼可能會記得？」

「你沒有帳本嗎？」

「當然有，」老闆義憤填膺地說，「我這裡可是正當經營。」

他花了一個半小時才找到老帳本。老闆不肯把帳本交給別人，自己仔細、緩慢地逐頁翻到當年的那一天。

「六月六號，」他喃喃說，「在這裡。從旅館拖過來，沒錯。油門線壞了。費用總共是五十二點二五克朗，拖車費和修理費。」

柯柏等著。

「拖車，」那人咕噥道，「真是白痴。他為何不自己把油門線接一接，開到這裡來就好？」

「你有這輛車的任何細節記載嗎？」柯柏問。

「有。車牌號碼A……A……什麼的，我看不清楚。有個油手漬印在數字上。反正顯然是從斯德哥爾摩來的車。」

「你不知道是哪種車？」

「當然知道。福特Vedette。」

「不是小莫里斯？」

「如果這裡寫的是福特Vedette，那他媽的就是福特Vedette，」老闆不悅地說。「小莫里斯？有點不一樣吧，不是嗎？」

經過整整半小時的說服和恐嚇之後，柯柏把帳本帶走了。他最後要離開時，修車廠老闆說：「好吧，反正這也解釋了他為何浪費錢叫人來拖車。」

「真的嗎，為什麼？」

「他是斯德哥爾摩人啊，對不對？」

回到埃克舍城市旅館時，已經入夜了。柯柏飢寒交迫，疲累不堪，與其立刻開車北返，他選擇在旅館過夜。泡了個澡，點了晚餐。他在等待晚餐時打了兩通電話。首先打給米蘭德。

「能不能麻煩你查一下，名單上那些傢伙有誰在一九五一年六月那時有車？哪一種車？」

「沒問題。明天一早。」

「還有，猶朗松的莫里斯是什麼顏色。」

「好。」

他接著打給馬丁・貝克。

「猶朗松沒有開自己的莫里斯來這裡來。他開另一輛車。」

「所以史丹斯壯是對的。」

「你能否派人去查查，猶朗松當初位在荷蘭人路上的那家公司老闆是誰？還有，那公司是做什麼生意的？」

「沒問題。」

「我大概明天中午就回去。」

柯柏下樓到餐廳吃晚餐。他坐在那裡時，突然想起來，自己十六年前也住過這家旅館。當時他在辦一件計程車謀殺案。那件案子三、四天就破了。要是當時他有現在掌握到的資訊，八成能在十分鐘內解決特蕾莎案。

•

隆恩一直在想歐爾松，以及他在猶朗松購物袋的那堆垃圾裡發現的餐廳帳單。星期二早上，他靈機一動。一如往常，他去找剛瓦德．拉森；他習慣在心裡有事時就去找他。雖然兩人相處的態度絕對稱不上和睦，但工作上卻能互相適應。隆恩和剛瓦德．拉森是朋友。很少有外人知道這件事，要是他們知道他們倆的耶誕和除夕都一起度過，鐵定會更加驚訝。

「我在想那張上面寫著ＢＦ縮寫的紙，」隆恩說，「米蘭德和柯柏在搞的那張名單上，有三個人有同樣的縮寫。玻．佛斯特松、班特．斐德立森和畢戎．佛西白。」

「所以？」

「我們可以仔細查查，看這幾個有沒有人長得像歐爾松。」

「你能找到他們嗎？」

「我想米蘭德可以。」

米蘭德的確可以。他只花了二十分鐘就得知佛西白在家、午餐後會進城到辦公室、十二點鐘他要和客戶在大使飯店一起吃飯。佛斯特松在蘇納有一家電影工作室，目前則在阿勒・馬特森的電影裡軋個小角色。

「斐德立森可能在『十點咖啡館』喝啤酒。他每天這時候大都在那裡。」

「我跟你一起去。」馬丁・貝克出乎意料地說。「我們開梅森的車。我另外派一輛車給他。」

不出所料，藝術家兼鬧事者班特・斐德立森正在舊城的啤酒館裡猛灌。他非常胖，留著糾結的紅鬍和灰色長髮。他已經喝醉了。

在蘇納，片廠經理帶他們穿越蜿蜒的長廊，來到一個大攝影棚的角落。

「佛斯特松五分鐘後就有一場戲。」他說。「那是他在整部電影裡唯一的一句台詞。」

他們站在安全的距離之外，面前堆著亂七八糟的電線和布景，但在強烈的聚光燈下，仍舊可以清楚看見場景。這場景顯然是一間小雜貨店內的模樣。

「準備！」導演吼叫。「安靜！開麥拉！開始！」

一個帶著白帽、穿著外套的男人走進燈光下，說道：「早安，夫人。我能幫您什麼忙嗎？」

「卡！」

重拍一次，再一次。佛斯特松把這句話說了五次。他是個瘦小的禿頭男子，說話結巴，眼際和嘴角會緊張地抽搐。

半小時後，人在石得桑的剛瓦德．拉森在距離畢戎．佛西白住家大門二十五碼外停下車子。馬丁．貝克和隆恩擠在後座。車庫門沒關，他們看見裡面停著一輛大型的黑色賓士。

「如果他午餐約不想遲到的話，應該要出發了。」剛瓦德．拉森說。

他們等了十五分鐘，前門才終於打開。一個男人出現在門口，還有一名金髮女子、一隻狗和一個年約七歲的小女孩。他親吻女人的面頰，把小孩抱起來香一個，然後大步走向車庫，上車開走了。小女孩送了一個飛吻，笑著說了些什麼。

畢戎．佛西白體型高瘦，五官端正，面容開朗，英俊得像是女性雜誌中小說插畫的男主角，他的膚色曬成古銅色，舉止悠閒直爽。他沒有戴帽子，穿著一件寬鬆的灰色大衣。他的頭髮呈波浪狀，往後梳得服貼。他看起來比實際年齡四十八歲還來得年輕。

「挺像歐爾松的，」隆恩說，「尤其是身材和穿著——我是說大衣。」

「嗯，」剛瓦德．拉森咕噥，「不同之處在於歐爾松的大衣是三年前在拍賣場花三百克朗買的。這傢伙身上那件八成要五千克朗。但舒利那種人看不出來。」

「老實說，我也看不出來。」隆恩說。

「但是我看得出來。」剛瓦德．拉森說。「還好這世上還有人看得出東西品質好壞。要不然，塞維爾街*乾脆全部改開妓院算了。」

「什麼街？」隆恩驚愕地問道。

•

柯柏的行程完全大亂。他不只睡過頭，而且天氣也變得更加惡劣。到了下午一點半他才開到林策平北邊的一家汽車旅館。他喝了一杯咖啡，打電話回斯德哥爾摩。

「怎樣？」

「五一年的夏天，只有九個人有車，」米蘭德回道。「因旺・班尊有一輛新的福斯。儒納・班生有一輛四九年的派克。肯南・卡生有一輛三八年的ＤＫＷ。歐佛・艾利可松有一輛舊的Opel Kapitan，是戰前的車種。畢戎・佛西白有一輛四九年的福特Vedette，還有——」

「等等，還有別人有這種車嗎？」

「Vedette嗎？沒有。」

「這樣就行了。」

「猶朗松的莫里斯原來是淺綠色的。當然，他拿到那輛車時可能重漆過。」

「好。你能把電話轉給馬丁嗎？」

「還有一件事。猶朗松在五一年夏天把他的車送到廢鐵場了。這輛車的註冊記錄在八月十五號撤銷，就在猶朗松接受警方問話之後一個星期。」

柯柏又投了一克朗硬幣，不耐煩地想到眼前還有一百二十七英哩路要開。天氣太壞，開回去還得花上幾個小時。他懊悔沒把帳本送上昨晚北上的火車。

「喂，我是貝克督察。」

「嗨。那家公司是做什麼的？」

「我想是銷贓貨的，但無法證實。他們有幾個巡迴業務員，到各省去賣衣服之類的東西。」

「老闆是誰？」

「畢戎・佛西白。」

柯柏想了一會兒，然後說：

「叫米蘭德把全部力氣放在佛西白身上。問一下葉勒摩，看看我回去時他還是其他人會不會待在實驗室。我有需要他分析的東西。」

＊　塞維爾街（Savile Row），倫敦市內聚集眾多手工訂製西裝名店的一條街。

下午五點，柯柏還是沒回來。米蘭德輕敲馬丁・貝克的門，走進辦公室，一手拿著菸斗，另一隻手裡是一疊文件。他立刻開口說道。

「畢戎・佛西白在一九五一年六月十七日結婚，娶了愛爾莎・碧亞翠斯・何坎森。她是商人馬納斯・何坎森的獨生女。何坎森做的是建築材料生意，是獨資經營，非常有錢。佛西白立刻收掉以前所有的買賣，像是荷蘭人路上的公司。他努力工作，研讀經濟，成了幹勁十足的生意人。何坎森九年前過世，獨生女繼承了遺產和公司，但佛西白早在五〇年代中期就已經是公司主管。石得桑的那棟房子是在五九年購入，那時可能花了大概五十萬克朗。」

馬丁・貝克擤鼻涕。

「他和這個女人交往多久之後結婚？」

「他們似乎是在五一年三月在歐勒認識的。」米蘭德回答。「佛西白對冬季運動非常著迷，現在還是，他的太太也是。他們似乎是所謂的一見鍾情。婚前兩人會頻繁見面，佛西白也常到她父母家做客。當時他三十二歲，愛爾莎・何坎森二十五歲。」

米蘭德換了一份文件。

「他們的婚姻似乎很幸福。有三個孩子，兩男一女，分別是十三歲、十二歲和七歲。他在婚後就把福特Vedette賣了，另外買了一輛林肯。從那時起他換過幾十輛車。」

米蘭德停下來點菸斗。

「你找到的就這些嗎？」馬丁．貝克問。

「還有一件事，我認為很重要。畢戎．佛西白志願參加一九四〇年的芬蘭冬季戰爭。當時他二十一歲，在這裡服完兵役後就立刻上前線。他父親是克利斯琛市韋德砲兵團的准尉。他來自一個家世清白的中產階級家庭，原本似乎前途無量，但戰後開始不太對勁。」

「沒問題了，似乎就是他。」

「看起來是。」米蘭德說。

「現在誰還在這裡？」

「剛瓦德、隆恩、諾丁和伊克。我們要查他的不在場證明嗎？」

「當然。」馬丁．貝克說。

•

柯柏直到七點才抵達斯德哥爾摩。他首先直奔實驗室，拿出修車廠的帳本。

「我們可是正常上下班的，」葉勒摩乖僻地說，「五點就收工了。」

「那就特別麻煩您了——」

「好了，好了。我待會兒打給你。你只是要車牌號碼是嗎？」

「是的。我會待在國王島街的局裡。」

柯柏和馬丁・貝克還沒來得及開口，電話就來了。

「A六七〇八。」葉勒摩簡潔地說。

「太好了。」

「小意思。你也可以自己看出來的。」

柯柏放下電話。馬丁・貝克投來疑問的一瞥。

「沒錯，猶朗松開到埃克舍的車是佛西白的，絕對毫無疑問。佛西白的不在場證明是什麼？」

「站不住腳。五一年六月，他住在荷蘭人路的單身公寓裡，跟那家神祕的公司在同一棟樓。接受偵訊時，他說自己十日晚上在北市。顯然他是去了北市，大約七點左右跟某人見了面。然後仍舊是根據他本人的說法，他搭末班火車回到斯德哥爾摩，半夜十一點半抵達。他也說他把車借給公司的業務員開，業務員也證實了這一點。」

「但他非常謹慎，沒有說他跟猶朗松互換車開。」

「對，」馬丁·貝克說，「所以他開了猶朗松的莫里斯，這讓事情看起來完全不同了。他開車輕鬆地花了一個半小時就回到斯德哥爾摩。車就停在荷蘭人路那棟大樓的後院，從街上沒人看得見。但是後院有一間冷藏室，平常用來收藏毛皮大衣。那些大衣據稱是在夏季時送來保存的，但其實八成是贓物。你覺得他們為什麼要換車？」

「我想答案非常簡單，」柯柏說，「猶朗松是個業務員，常帶著一堆衣服和有的沒的。佛西白那輛Vedette能塞的東西比他的莫里斯要多三倍。」

他沉默了半分鐘，然後說：「我想，猶朗松事後才意識到真相。他回來後，知道發生了什麼事，而且那輛車可能很棘手。所以一等到警方找他問過話，他就把車送進廢鐵場。」

「佛西白怎麼解釋他和特蕾莎的關係？」馬丁·貝克問。

「一九五〇年秋天，他們在一家舞廳認識。他和特蕾莎睡過幾次，到底幾次已不記得。然後他在冬天時遇見未來的老婆，便對那位花痴失去興趣。」

「他這麼說的嗎？」

「用詞差不多就這樣。你認為他為何要殺特蕾莎？是像史丹斯壯在溫多的書上寫的那樣，

『要擺脫受害者』嗎？」

「也許吧，他們都說擺脫不了這個女人。而且這當然不是性謀殺案。」

「不是，但他希望看起來像是。接著他的運氣實在太好，證人全認錯車型。他一定笑到發昏。也就是說，他應該認為自己很安全。唯一的顧忌就是猶朗松。」

「猶朗松和佛西白是合作夥伴。」馬丁・貝克說。

「原本一切相安無事，直到史丹斯壯開始調查特蕾莎案，而且從畢耶穹那裡得到意想不到的情報。他發現，案發當時只有猶朗松一個人有小莫里斯這種車，而且顏色也對。他問了許多人，開始跟蹤猶朗松。當然，他很快就注意到有人給猶朗松錢——姑且假設是謀殺特蕾莎・卡馬拉歐的兇手給的。猶朗松越來越緊張……對了，你知道十月八號到十一月十三號之間他人在哪裡嗎？」

「知道，他待在克萊拉大道旁的一艘船上。諾丁今天早上已經找到那個地方。」

柯柏點點頭。

「史丹斯壯推測猶朗松總有一天會引他去找出真正的兇手，於是他每天跟蹤他，而且應該是採公開跟蹤的方式。他猜得沒錯。雖然對他自己來說，這實在算不上成功。如果他早點出發去斯莫蘭……」

柯柏沉默下來。馬丁．貝克若有所思地用右手大拇指和食指按摩鼻根。

「是啊，一切似乎都吻合。」他說。「心理狀態也是。特蕾莎案還要再過九年才超過追訴期。只有謀殺這種罪行，才會迫使一個大致算是正常的人極力設法隱瞞。此外，要是被發現，佛西白的損失可是非同小可。」

「我們知道他在十一月十三日晚上的行蹤嗎？」

「他屠殺了公車上所有的乘客，包括史丹斯壯和猶朗松，這兩人當時對他而言已經是非常危險的人物了。但目前我們只知道他有犯案的機會。」

「我們怎麼知道的？」

「剛瓦德設法綁來佛西白的德國女佣。她每週一晚上休假。根據人家手提包裡小本本的記載，十三日到十四日之間的夜裡，她跟男朋友在一起。根據同樣來源，我們也得知佛西白太太當天晚上參加了一場仕女晚宴。因此，佛西白本人應該沒出門。理論上他們不會放孩子單獨在家。」

「這名女佣目前人在哪裡？」

「敝警局。而且我們要留她過夜。」

「你認為那傢伙的精神狀況如何？」柯柏問。

「八成很糟，在崩潰邊緣。」

「問題是，我們有足夠的證據能逮捕他嗎？」柯柏說。

「公車謀殺案的話不行，」馬丁・貝克回答，「這麼做會犯下大錯。但我們可以用涉嫌謀殺特蕾莎・卡馬拉歐的罪名去逮捕。我們有一個已改變證詞的關鍵證人，還有不少新證據。」

「何時動手？」

「明天早上。」

「在哪裡？」

「辦公室。他一到就逮捕。不必把他太太和小孩扯進來，尤其他的精神狀態不穩定的話。」

「怎麼個逮捕法？」

「盡量不引人注意。不開槍，不踢門。」

柯柏思索半晌，然後問了最後一個問題。

「誰去？」

「我和米蘭德。」

30.

馬丁・貝克和米蘭德走進那個接待室時，坐在大理石櫃台後方的總機小姐放下了指甲銼刀。畢戎・佛西白的辦公室位於國王街一棟建築的六樓，鄰近史提勒廣場。四樓和五樓也屬該公司所有。

這時才九點過五分，他們知道佛西白通常要到九點半才會進辦公室。

「他的祕書應該快到了，」總機小姐說，「如果你們要等她，請到那邊坐。」

在接待室另一端總機小姐看不見的地方，擺著一張低矮的玻璃桌，周圍有幾張扶手椅。兩人掛起大衣坐了下來。

接待室四周總共有六扇門，上面沒有名牌；其中一扇門沒有關緊。

馬丁・貝克站起來，走到門口偷窺一下，然後走了進去。米蘭德拿出菸斗和菸草袋，裝填菸草，擦燃火柴。馬丁・貝克回來坐下。

他們沉默地坐著等。總機小姐的聲音和轉接電話的雜音不時傳來。除此之外，唯一的聲音就只有外面微弱的市囂。馬丁・貝克翻閱一本一年前的《工業》雜誌，米蘭德咬住菸斗往後靠著椅背，雙眼半閉。

九點二十分，外面的門打開了，一位女士走進來。她穿著毛皮大衣，高統皮靴，手臂上掛著一只大手提袋。

她對總機小姐頷首招呼，很快朝半掩的門走去，而且面無表情地瞥了這兩個坐在椅子上的男人一眼，腳步不曾稍停，然後，她砰一聲地把門在身後關上。

又過了二十分鐘，佛西白才出現。

他的打扮跟昨天一樣，舉止敏捷有活力。他正要掛起大衣時，看見馬丁・貝克和米蘭德。他的動作停頓了半秒鐘，但隨即恢復正常，把衣服掛在衣架上，然後走向這兩人。

馬丁・貝克和米蘭德一起站起來。畢戎・佛西白疑惑地揚起眉毛。他正要開口，但馬丁・貝克伸出手說：「我是貝克督察，這位是米蘭德偵查員。我們想跟你談談。」

畢戎・佛西白和他們握手。

「當然可以，請進。」

他扶著門讓他們進去，態度鎮靜，幾乎算是愉快。他對祕書點點頭說：「早安，薛德小姐。你先迴避一下。我要和這兩位先生談一下話。」

佛西白帶他們進入辦公室，裡面寬敞明亮，裝潢典雅。室內鋪著厚厚的灰藍色地毯，大辦公桌閃閃發亮，桌上空無一物。黑色皮革旋轉椅旁有一張小桌，上面放著兩具電話、口述錄音機和對講機各一。寬廣的窗台上放著四個白鑞相框，相片中是他的妻子和三個小孩。兩扇窗戶之間的牆壁上掛著一幅人像油畫，應該是他的岳父。房裡同時有雞尾酒櫃、一張會議桌，桌上的托盤裡放著玻璃水壺和水杯；此外還有沙發和兩張安樂椅，一個有活動玻璃門的書櫃，櫃上擺著一些書和瓷像，還有一個慎重地嵌入牆中的保險櫃。

馬丁・貝克關上門，打量眼前這一切。畢戎・佛西白從容地走向辦公桌。

佛西白把左手放在桌上，傾身向前，拉開右邊的抽屜，伸手進去。他的手再度出現時，緊抓著一把手槍。

他的左手仍撐著桌面，右手舉起槍，直直塞進自己嘴裡，嘴唇含住閃亮的藍黑鋼身，扣下扳機。從頭到尾，他全程看著馬丁・貝克，仍然帶著幾近愉快的眼神。

這一切發生得非常快，馬丁・貝克和米蘭德才走到房間中央，畢戎・佛西白就猛然傾頹在桌前。

手槍的保險栓扳開了，擊鐵敲在槍膛上的刺耳聲響清脆可聞。可是，本應從槍口呼嘯而出，打爛畢戎・佛西白的上顎、轟掉他大腦的子彈卻根本沒有離開槍管。這發子彈躺在馬丁・貝克右邊褲袋的黃銅彈殼裡，跟其他五顆原本在彈匣裡的兄弟姊妹在一塊兒。

馬丁・貝克取出一顆子彈，用手指搓來搓去，閱讀著撞擊式雷帽上打印的字樣：「METALLVERKEN 38 SPL.」。這子彈是瑞典製，但手槍是美國的史密斯・韋森點三八特製型，麻州春田市出品。

畢戎・佛西白面部朝下，趴在光滑的桌面上，渾身顫抖。幾秒鐘後，他滑落到地板上，開始尖叫。

「我們最好叫救護車。」米蘭德說。

•

於是，隆恩再度帶著錄音機，坐在御林軍醫院的隔離病房裡。這次不是外科部門，而是精神科，跟他在一起的不是討人厭的厄勒洪，而是剛瓦德・拉森。

畢戎・佛西白接受了種種治療，打了好幾針鎮定劑和其他一堆東西。擔心他精神狀況的醫生在房裡已經待了好幾個小時。但病人唯一能說的似乎只有一句話：「你們為什麼不讓我死？」

這句話他一再重覆，現在又說了一遍：「你們為什麼不讓我死？」

「說的也是，我們幹嘛不讓你死了算了？」剛瓦德・拉森咕噥道，醫生嚴厲地瞪了他一眼。要不是醫生說畢戎・佛西白確實有生命危險，他們根本不會過來。根據醫生解釋，病人感受到非常強烈的震驚，因而心臟衰弱，神經幾乎錯亂；診斷結語是，病人的狀況大致而言還算不壞。只不過，只要心臟病發，隨時就可能會要了他的命。

隆恩思忖關於病人大致狀況的評語。

「你們為什麼不讓我死？」佛西白重覆道。

「你為什麼不讓特蕾莎・卡馬拉歐活命？」剛瓦德・拉森反問。

「因為不行。我得擺脫她。」

「哦，」隆恩充滿耐心地說，「你為什麼非這樣不可呢？」

「我別無選擇，她會毀了我一輩子。」

「到頭來，你這一輩子反正也毀了呀。」剛瓦德・拉森說。

醫生再度嚴厲地瞪了他一眼。

「你們不懂。」佛西白埋怨道。「我叫她別再來糾纏。雖然我自己窮得要命，還是擠出錢給她。但她還是……」

「你想說什麼？」隆恩和藹地說。

「她還是一直纏著我不放。那天晚上我回到家，她全身赤裸躺在床上。她知道我的備用鑰匙放在哪裡，就自己進來了。我太太……我的未婚妻十五分鐘後就要過來。我別無選擇。」

「然後呢？」

「我把她搬到樓下存放毛皮大衣的冷藏室。」

「你難道不怕別人發現？」

「鑰匙只有兩把。我一把，尼瑟・猶朗松一把。尼瑟不在。」

「她在那裡擺了多久？」隆恩問。

「五天。我在等下雨。」

「是呀，你喜歡下雨呢。」剛瓦德・拉森插嘴。

「你不懂嗎？這女人是個瘋子。只消一分鐘，她就能毀了我一輩子，我計劃的每一件事。」

隆恩不自覺地點著頭。一切進行順利。

「衝鋒槍是從哪弄來的？」剛瓦德・拉森突然問道。

「打完仗後帶回來的。」

佛西白沉默地躺了一會兒，然後，他驕傲地補上一句：「我用那把槍幹掉了三個布爾什維克黨人。」

「是瑞典槍嗎？」剛瓦德．拉森問。

「不是，芬蘭的。蘇奧米M37。」

「槍現在在哪裡？」

「沒人找得到的地方。」

「水裡？」

佛西白點頭，似乎陷入沉思。

「你喜歡尼爾斯．伊利克．猶朗松嗎？」隆恩過了半晌這麼問道。

「尼瑟沒問題，是個好孩子，我就像是他爸爸一樣。」

「不過你還是殺了他？」

「他威脅到我、我的家庭、我活著的所有目的、我必須維持的一切。他忍不住了，所以我讓他一了百了，乾淨俐落，毫無痛苦。我沒有像你們折磨我這樣去折磨他。」

「尼瑟知道特蕾莎是你殺的嗎？」隆恩問道，聲調全程都很平靜、和藹。

「他猜到了。」佛西白回答。「尼瑟可不笨。他是個好夥伴。我結婚之後給了他一萬克朗和一輛新車，然後我們就永遠分道揚鑣了。」

「永遠嗎？」

「對。我之後再也沒聽到他的消息。直到去年秋天，他打來說有人日夜都在跟蹤他，他很害怕，需要錢。我就給他錢，還試著送他出國。」

「但是他沒去？」

「對，他太消沉了，而且嚇得半死，覺得要是出國看起來更可疑。」

「所以你就殺了他？」

「我不得不動手。這種情況下我別無選擇，要不然他會毀了我、我孩子的未來、我的事業、我的一切。他不是故意的，但是他個性太軟弱，不可靠，而且膽子又小。我知道他遲早會來要我罩他，那樣我就完了。他有毒癮，太過軟弱，靠不住，警方逼供他就會全部招了。」

「警方並沒有逼供的習慣。」隆恩溫和地說。

佛西白第一次轉過頭來。他的手腕和腳踝都被縛住。他望著隆恩：「那你說這是什麼？」

隆恩避開那目光。

「你是在哪裡上公車的？」剛瓦德・拉森問。

「克萊拉堡路，歐里恩百貨外面。」

「你怎麼過去的？」

「開車。我把車停在公司，那裡有專屬停車位。」

「你怎麼知道猶朗松要搭那一班公車？」

「他打電話來，我叫他照我的話做。」

「換句話說，你告訴他要怎樣行動，好讓你宰了他。」

「你不懂嗎，他讓我別無選擇啊！反正我的方法很人道，他什麼都不知道就結束了。」

「人道？你是怎麼得出這個結論的？」

「你們放過我好嗎？」

「還不行。先解釋公車的事。」

「好吧。解釋完你們就會走人？可以保證嗎？」

隆恩瞥向剛瓦德．拉森，然後說：「對，我們保證。」

「尼瑟星期一早上打到辦公室找我。他走投無路，說他無論到哪裡，那個人都跟著他。我知道接下來他撐不了多久了。我太太和女佣那天晚上不會在家，而且天氣很適合。孩子都很早睡，所以我……」

「怎樣？」

「所以我就跟尼瑟說，我要看看那個跟蹤他的人。尼瑟會把他引到獵苑島，準備大約十點左右去搭雙層公車，一直搭到終點站。他離開前十五分鐘必須打專線電話到辦公室給我。所以九點一過我就出門，把車停好，進辦公室等待。我沒開燈。他照我說的打來，我就下去等公車。」

「你是不是之前就決定好了地點？」

「那天稍早我從頭到尾坐過一趟才決定的。那個地點很好——我不認為附近會有人，尤其雨又下個不停。我想，大概只有少數乘客會一直坐到終點。要是只有尼瑟、那個跟蹤他的人、司機和另外一個人坐在車上就再好不過。」

「另外一個人？」剛瓦德・拉森說，「誰？」

「誰都可以。這樣看起來比較像樣。」

隆恩望著剛瓦德・拉森，搖搖頭。接著，他轉向病床上的人說：「你有什麼感覺？」

「做困難的決定時一向都很難受，但是一旦我下定決心要動手——」

他沒說下去。

「你們不是保證會走嗎？」

「我們的保證和我們要怎麼做是兩回事。」剛瓦德・拉森說。

佛西白瞪著他，苦澀地說：「你們就只會折磨我，還說了一堆謊話。」

「這房裡說謊的可不是只有我一個，」剛瓦德・拉森反擊，「你早在好幾個星期前就決定要殺掉猶朗松和史丹斯壯巡佐了，對吧？」

「對。」

「你怎麼知道史丹斯壯是警察？」

「我之前觀察過他。尼瑟沒發覺。」

「你怎麼知道他是自己一個人？」

「因為都沒有人接替他。我認為他是自己私下在查案，好揚名立萬。」

剛瓦德・拉森沉默了半分鐘。

「是不是你叫猶朗松身上不要帶證件？」最後，他問道。

「對。他第一次打來的時候，我就跟他說了。」

「你是怎麼學會控制公車門的？」

「我仔細觀察過司機怎麼做。就算這樣，還是差點出了錯。公車型號不同。」

「你在公車上坐哪裡？上層還是下層？」

「上層。坐了一會兒就只剩我一個人。」

「然後你就帶著衝鋒槍到下層？」

「對。我把槍藏在背後，這樣尼瑟和其他坐在後面的人才不會看到。但當中還是有一個人站了起來。這種狀況你得事先有所準備。」

「要是槍卡住了？」

「我知道槍沒問題。我的武器我很清楚。把槍帶到辦公室之前我仔細檢查過。」

「你是什麼時候把衝鋒槍帶進辦公室的？」

「大概動手前一週。」

「難道你不怕被人發現？」

「沒人敢開我的抽屜，」佛西白高傲地說，「而且我有上鎖。」

「槍以前放在哪裡？」

「在閣樓上鎖的箱子裡，和其他戰利品放在一起。」

「你殺了那些人以後往哪裡走？」

「往東沿著站前北路走，在綠地航站坐上計程車，然後到公司開車回石得桑。」

「沿路隨手就把衝鋒槍扔了？」剛瓦德・拉森說，「放心，我們會找到的。」

「你有什麼感覺？」隆恩溫和地重覆道。「開槍的時候？」

佛西白沒有回答。

「我是在保衛自己、我的家人、我的公司。手裡拿著槍，預備十五秒內就要衝進一道全是敵人的戰壕，你有沒有過這種經驗？」

「我沒有。」隆恩回答。

「那你什麼都不懂！」佛西白大吼。「你根本沒資格說話！你這種白痴怎麼可能了解我！」

「這樣不行，」醫生說，「他得接受治療。」

醫生按下鈴。幾個醫護人員走了進來，把躺在床上大吼大叫的佛西白推出房間。

隆恩開始收拾錄音機。

「我真他媽的恨死這個狗娘養的。」剛瓦德．拉森突然說。

「什麼？」

「我要告訴你一件過去從沒跟別人說過的事。」剛瓦德．拉森坦白道。「幹這一行，我碰上的人，幾乎每個我都覺得他們很可憐；那些傢伙都是希望自己當初最好沒出生的人渣。人生搞得一蹋糊塗並不是他們的錯，他們也不明白為什麼。但是，像佛西白這樣的傢伙——這種毀了別人一輩子、還自以為是的豬玀，滿腦子只想到自己的錢、自己的房子、自己的老婆孩子，以及自己所謂的地位。這種人內心自以為高人一等，所以可以對別人發號施令。這種人有成千上萬，但大部分都不會笨到去勒死一個葡萄牙妓女，所以我們根本逮不到他們，我們只看見被他們害到的人。但這傢伙是個例外。」

「嗯，或許你說的對。」隆恩說。

他們走出這房間。走廊另一端的一扇門前站著兩名身著制服的警察，雙腿岔開，雙臂交疊在胸前。

「哼，是你們啊。」剛瓦德・拉森陰鬱地說。「也是，這家醫院在蘇納嘛。」

「你們終於逮到他了。」卡凡特說。

「對啊。」克里斯森應和。

「我們沒逮到他，」剛瓦德・拉森說，「是史丹斯壯自己解決的。」

•

大約一個小時後，馬丁・貝克和柯柏坐在國王島街警局的一間辦公室裡喝著咖啡。

「偵破特蕾莎謀殺案的其實是史丹斯壯。」馬丁・貝克說。

「是啊，」柯柏說，「但他的方法實在太傻了。自己一個人偷偷去查，連張紙也沒留下來。真是的，這小夥子一直沒長大。」

電話響了。馬丁・貝克接起來。

「喂，我是梅森。」

「你人在哪裡？」

「現在在瓦斯貝加。我找到那一頁報告了。」

「在哪裡？」

「在史丹斯壯的桌上，就在吸墨紙底下。」

馬丁・貝克一語不發。

「我記得你說你們找過了，」梅森語帶指責，「而且——」

「怎樣？」

「他在上面用鉛筆寫了幾個字。右上角寫著『歸還特蕾莎卷宗』。這頁底下他寫了一個名字『畢戎・佛西白』，後面有一個問號。不知道這重不重要？」

馬丁・貝克沒有答話。他只是握著話筒，坐在那裡。隨後，他放聲大笑。

馬丁・貝克 刑事檔案 04

大笑的警察
Den skrattande polisen

作者	麥伊・荷瓦兒 Maj Sjöwall 及 培爾・法勒 Per Wahlöö
譯者	丁世佳
社長	陳蕙慧
副總編輯	林家任
行銷	陳雅雯、尹子麟、洪啟軒
封面設計	井十二設計研究室
地圖繪製	Emily Chan
排版	宸遠彩藝
印刷	通南彩色印刷股份有限公司
讀書共和國出版集團社長	郭重興
發行人兼出版總監	曾大福
出版	木馬文化事業股份有限公司
發行	遠足文化事業股份有限公司
地址	231 新北市新店區民權路 108-2 號 9 樓
電話	(02)2218-1417
傳真	(02)2218-0727
客服專線	0800-221-029
Email	service@bookrep.com.tw
法律顧問	華洋國際專利商標事務所　蘇文生律師
出版日期	2020 年 2 月　初版一刷
定價	380 元

Den skrattande polisen

國家圖書館出版品預行編目

大笑的警察 / 麥伊 . 荷瓦兒 (Maj Sjöwall), 培爾 . 法勒 (Per Wahlöö) 合著 ; 丁世佳譯 . -- 初版 . -- 新北市 : 木馬文化出版 : 遠足文化發行 , 2020.02
384 面 ; 14.8 X 21 公分 . -- (馬丁 . 貝克刑事檔案 ; 4)
譯自 : Den skrattande polisen
ISBN 978-986-359-762-9(平裝)

881.357　　108023293